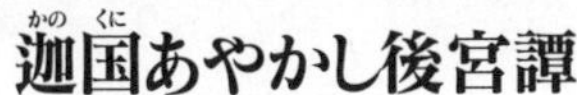

シアノ Shiano

アルファポリス文庫

https://www.alphapolis.co.jp/

第一章

『宮女募集』

通りに立てられた粗末な板には、そのたった四文字が、やたらと達筆な文字で書かれている。

その掲示を見つけた私は、お使いの途中だというのに、ついふらふらとそちらに引き寄せられていた。

本当は真面目にお使いに行って、急いで帰らなければ怒られる。そう分かってはいても、私の足は根を張ってしまったようにその板の前から動かなかった。

季節は早春。

暦の上では春であったが、まだ名ばかりの寒々しいこの季節。

私の着ている擦り切れたお下がりの着物は、スカスカと冷たい風を通して、防寒の役には立っていなかった。往来を行き交う人混みも土埃が立つばかりで風除けになりはしない。急ぎの早歩きであれば体も温まるが、立ち止まっていると即座に冷え始める。

けれども私は宮女募集の文字に釘付けになっていた。

小さな期待に胸が高鳴る。もしかしたら、と思うのを止められなかった。

その掲示に足を止めているのは私ひとり。ひっきりなしに人通りのあるこの道で、ここだけが閑散としている。そうでなければ人より小柄な私には掲示が見えなかっただろう。

だからこそ、これは運命なのかもしれない、なんて思ってしまうのだ。

宮女募集の掲示の横には小男がぼんやりとした顔で酷く退屈そうに立っていたが、掲示板の前に陣取る私に気が付いて、鷹揚にこちらを向いた。

中年だと思うけれど、眉の薄いつるりとした顔には髭もなく、どことなくおばさんのようにも見える男だ。おそらくは噂に聞く宦官とやらなのだろう。

私はごくっと唾を呑み込み、その男に話しかける。

「こんにちは。あの……この宮女募集って……」

「ああ、皇帝陛下の後宮で働く宮女の募集だよ」

小男は相変わらずぼんやりとした表情でそう言った。暇だからぼんやりしていたのではなく、これが常態らしい。

「と言っても今回はただの下働きの宮女募集でね。それでもいくつも条件がある。若く健康で、生娘であること。不美人も駄目だ。お前さんは――」

言葉を切って私の顔をじっくりと見た。

私は特別な美人でもないが、幸いなことに不美人というほどでもない。平凡な顔であるのは重々承知だ。

「うん、まあ、受からなくもない、というところか。だが、それなりの家柄も必要でね、裕福な商家だとか、役人の家系じゃないといけない。下働きでも読み書きや計算なんかの最低限の教養が必要なのさ」

次いでその男は、私の着ている擦り切れた着物に視線を落とした。

お下がりの上衣は色褪せており、裳には繕った跡がある。手持ちの着物の中でもとりわけ古びている部類だ。こんなことなら今日はもう少しましな着物にしておけばよかった。身を縮めたくなるのを堪えて立つ。

幸い、宦官はこんな酷い格好の私にも淡々と話しかけてくる。

「お前さん、裕福な商家の娘には到底見えないね。だが文字は読めるのか」

「商家ではないけど、役人の娘よ。まあ一応、といったところだけれど。読み書きも出来るし、自分で言うのもなんだけど、こう見えて力持ちだし、とにかく丈夫よ。あ、お金はかかる？　先に言っておくと、私一銭も持っていないの」

「ふうん」

男は気の抜けたような鼻息を漏らす。

確かに酷い襤褸をまとった私は役人の娘には見えないだろう。我が家で働く小間使いだってもう少しましな着物を着ている。

顔も平凡だし、私にはこれといって取り柄がない。あるのは病知らずの健康なこの体だけである。その体すら栄養が不足しているからか、チビで痩せっぽち。姉とは一歳しか違わないというのに、あちらはすでに大人の女性らしい体付き、私の方はガリガリで丸みはかけらもない。

「まあ、良いか。戸籍の写しを出さねばならんから、どうせ不正も出来まいよ。それに試験だってある。試験を受けるだけなら金はかからんが、門前払いになる可能性だってあるよ。それでも良いかい」

「それでも良いです！」

私は食い気味に答えて、力強く頷く。

何せこれまでろくな目に遭ってこなかった。これからだってそうだろうから、出来ることならなんだって試してみたい。それにしたってお金がかからないのは僥倖だ。私には自由になるお金もないのだから。

宦官は首を傾げるように頷く。

「そうかい。それでお前さん、年と名前は？」

「十六歳よ。名前は――」

「――おい、待て待て、どこが十六だ。そなた、良いところ十三、四にしか見えないだろう！」

「はあ⁉」

突然、横槍を入れられてカチンときた。

いつの間にやら私と宦官の横に大男が立っており、話を立ち聞きしていたらしい。

私は文句を言ってやろうと険しい顔で大声の主を振り向き、その姿に思わずギョッとする。それもそのはず。見るからに不審ななりだ。

その男は雨でもないのに笠を被っていた。それも長い垂布が付いた笠である。薄い紗のような布だから笠の内側からは外が見えるのだろうが、垂布で腰辺りまでを覆っているため、こちらからでは顔どころか上半身が全く見えない。かろうじてその声と体付きから男であるのが分かる程度。

おそらく旅装束なのだろう。垂布の笠は街道を歩く時、日差しや砂埃から目を守るために被る。だがこんな街中では、邪魔にしかならない笠は外して歩くのが普通だ。

その異様な風体に、眉根を寄せていた私は目を見開いた。

あの宦官も大男を見ている。ぼんやりとした表情ながら今までで一番目が大きく開いているから、さすがに驚いているのかもしれない。

一瞬怯んでしまったが、それでも一言物申さねば気が済まないので口を開いた。

「な、なんですか、貴方には関係ないでしょう！」

「いや、たまたま聞こえたのだが、往来で十六歳などと嘘を吐いているのが耳に入ってきたゆえな。下手したら十三以下でもおかしくあるまい。そんなちんちくりんのくせして、サバを読みすぎであろう」

「なんですって！」

　確かに身長が低いせいで若く——というか幼く見られがちではあるが、まさか十三歳以下に見られるとは思ってもみなかった。うら若き乙女になんという言い草だ。

　この迦国(かのくに)では十六歳ならもう成人だ。私も立派な大人と自信を持って言えるわけではないが、結婚だって出来るような年齢なのに、道を駆け回る洟垂(はなた)れ小僧共と一緒だと思われるのは屈辱(くつじょく)である。

「身長が低くて悪かったわね！　成長期なんだからこれからだって伸びるわよ！」

「そうかぁ？　そんなに痩せて、ちゃんと食べておるのか？　食べねば伸びるものも伸びぬぞ」

「そうね、義理の母が食事抜きにしない日ならね！　ってもう、アンタはなんなのよ。私、こう見えて忙しいんだから、あっちに行って！」

「……待て。待て待て。食事抜きとはなんだ。そんなに幼いというのに、そなたは継(まま)母(はは)にいじめられておるのか。庶民向けの物語でもあるまいに」

「なんだって良いでしょう。アンタには関係ないんだから！」

腹の底がカッと熱くなり、そのまま言い返した。腹が立って毛が逆立っているのか、うなじがピリピリとする。

「言っておくけどね、そんな境遇なんて別に珍しくもなんともない。そこら辺にゴロゴロいるし、いちいち同情される筋合いもないわよ。自力でどうにかするために宮女の募集に乗っかろうとしてるんじゃない。邪魔しないで！」

私はその男に犬を追い払うみたいに手を振ってから、思いっきり顔をしかめて、べえっと舌を出した。

男はもう言い返してこなかった。言い返してきたとしても、無視するつもりだったが。

「ごめんなさい、お待たせしたわね。まさかちょこっと騒いだからって、この場で断ったりなんてしないでしょうね」

私は笠の男を追い払い、宦官（かんがん）の方へ向き直った。宦官（かんがん）は我に返ったようにしきりに瞬（まばた）きをして私に目線を戻す。

「あ、ああ。まあ……驚いたが、そういうこともあるだろうさ」

それほど驚いている様子には見えなかったが、本人的にはそうでもないらしい。

「ええと、どこまで聞いたか。年は十六で、名前は」

「私の名前は朱莉珠。朱色に茉莉花の莉、それから珠と書くの。朱家の娘よ」

男は落ち着きを取り戻したのか、手にしていた木の板に携帯用の細筆でサラサラと書き込んだ。

「それで、家は役人、と。……おや、朱家で役人といえば、この辺りでは朱高殿しか知らないが」

「それが私の父です。この先の通りにある朱の屋敷が私の家」

「ふむふむ……朱家には二年ほど前に、美女と評判の娘御を後宮にどうかという話を持っていったことがあったんだが……確か娘は一人しかおらず、跡取り娘だから婿を取らねばならぬのだと断られたはずだ」

「それはそうでしょうね」

私は苦笑いをする。さっきの笠の男とのやりとりで薄々は境遇を察していることだろう。

「私は妾腹の娘なんです。多分、二年前に声をかけたというのは、私の姉の朱華でしょう」

「ああ……なるほどね。大体分かったよ。それじゃあ、後で朱家にもう一度話を持っていこう」

「ありがとう！　あの、貴方の名前を伺っても？」

「私は楊益だ。察しの通り、宦官だよ。それでも、まあ、あまり期待はしないように」

「ええ！　それじゃあ、またお目にかかれることを祈ってる！」

楊益はぼんやりとした表情のまま頷き、また往来に視線を戻した。笠の男はもう見える辺りにはいないようだ。

私は再びあの輩に絡まれないよう、そそくさと急ぎ足で歩き去った。

その帰り道、私はお使いで頼まれた酒の大瓶を担いでいた。重い買い物やきつい仕事は小間使いではなく私の仕事となっている。おかげで力は強いし、体も丈夫だ。

私はずっしりと重い酒瓶を運びながら、先程の掲示を思い返していた。

宮女――後宮で雑務を行う女性のことだ。今回は下働きと言っていたから、妃候補やその側付きではなく、身の回りの世話や雑用をする宮女の募集ということなのだろう。

私の住まう迦国では後宮制度が存続していた。だが、かつては数千人の女たちがいたと言われている後宮も今は随分と規模が小さいのだと聞いたことがある。

「確か、新しい皇帝が即位したばかりなんだっけ」

一年ほど前、即位の前後はそれはもうお祭り騒ぎであった。もちろん私は忙しくこき使われただけで、なんの恩恵もなかったが。

その前は女帝だったはずなので後宮の必要性が低かったのだろうが、ようやく増やし始めたらしい。

下働きの宮女でも見た目の美しさが必要なら、平凡顔の私なんてお呼びじゃないかもしれない。しかし飯炊きや掃除婦はまた別の枠だろう。もし宮女が駄目だとしても、どうにか宮中で働けないか頼んでみようか。

宦官が熱心に宮女を探すのは、自分が見つけ出した宮女が妃候補となり、皇帝の寵愛を受けることになれば、後々の出世にも関わってくるからだとか。それが行き過ぎたのが、かつて行われたという宮女狩りだ。

私は先程の楊益を思い返す。あまり熱心そうではなかったが、ちゃんと私の相手をしてくれた。

むしろあれくらい熱心でない方が良いかもしれない。私には大それた望みはない。とにかく少しでも早く家を出たいだけ。

私は肩に食い込む縄をしっかりと握って酒瓶を背負い直すと、真っ直ぐに前を見据えた。

「遅かったじゃないか！　何をサボっていたの！」

「すみません」

お使いを終わらせた私は、帰って早々、義母の苛立った声に出迎えられた。

ああ、またか、と思ったが声には出さない。

「本当にお前はサボるのが得意だこと。なら食事はいらないわねえ。そんなにサボってばかりではお腹も空(す)かないでしょう」

私は唇を噛み締めて、嫌味ったらしい義母と目が合わないように視線を伏せた。

機嫌の悪い時の義母はとにかくトゲトゲした声でこちらに当たり散らし、時には棒で叩いてくるものだから、たちが悪い。食事抜きにされるのも珍しくない。

確かに今日は楊益と話したので、多少は遅くなったかもしれない。それでもあまり遅くならないよう、人の少ないところでは走ったほどだ。だが、こうして罵られるのは遅かったからではない。義母は妾腹の私がただひたすら憎いだけなのだ。

しかし口答えなどすれば何をされるか分からない。腹立たしくとも我慢するしかなかった。ただでさえ一日二食もらえれば御の字の食事を、これ以上減らされては敵わない。

「――まあまあ、お母様。そんなに怒鳴らなくても……外まで聞こえていてよ。それより、ちょっと小腹が空く時間でしょう。お母様もお茶の時間にしましょうよ、ね？」

場を取りなしながら奥から出てきたのは腹違いの姉、朱華だった。

美女と名高い姉は私と違い、一度も日に焼けたことのないような白い肌をしている。仕立てたばかりと思しき真新しい着物に、手入れの行き届いた黒く艶々した髪。金の細工に赤い珊瑚玉の付いた華やかな簪を挿しているその姿は優美で、誰が見ても裕福な家の子女だ。この美貌であれば後宮から声がかかるのも当然だろう。姉と自分を比べても惨めにすらならない。そんな気持ちはとうの昔に擦り切れていた。

姉は無垢な微笑みを浮かべて、愛らしく母親の袖を引いている。義母もそんな愛娘に袖を引かれては、蕩けるような甘い声を出すしかない。

「おや、本当に華々は優しい子だこと。そうね、向こうで甘い菓子でも食べましょうか」

義母は小間使いにお茶を頼むと、私のことは忘れたみたいに行ってしまった。

「――厨に貴方の分も用意させてるから大丈夫よ。後でこっそり取りに行って」

通りすがりに、姉からそっと耳打ちをされる。

「……姉さん、ありがとう」

私がそう言うと、姉は唇の端を上げて静かに微笑みを浮かべた。

私は義母には疎まれているが、腹違いの姉はこうして優しくしてくれる。しかし姉だって正面切って母親には逆らえない。今のように気を逸らそうとしてくれるのが精一杯だ。それでも見て見ぬ振りの父親よりはずっとましだし、ありがたい。

食事抜きにされるのは、成長期には特にこたえる罰だ。今日は食事抜きどころかおやつまで食べられそうで、珍しく良い日だった。ウキウキしながらも、足音を立てずにそっと厨へ向かう。足音がうるさいと叩かれるせいで、猫のように足音を立てないのがすっかり癖になっていた。

自室で、厨から持ってきたおやつにかぶりついた。

滅多に食べられないおやつ。しかも好物の包子だ。冷めていたが甘い餡が入っていて美味しい。今日は走ったのでお腹が空いていたから尚のこと。

元は物置だった狭くて日当たりの悪いこの部屋は、かなり冷える。だがそのせいもあって、寒がりな義母はこの部屋に近付くことは滅多にない。私の数少ない安息の場所だ。

たった一つの家具である長持に入っているのは、義母に取り上げられずに済んだ若干の着物と祖父が残してくれた書物や書き付け、それからこれ。

私は大事にしている練り香水を取り出した。

平たい二枚貝の綺麗な貝殻に、軟膏状の練り香水が、かつてはたっぷりと入っていた。

もう残り少ないが、顔に近付けて匂いを嗅ぐと、懐かしい茉莉花がほのかに薫る。

これは祖父の形見だった。幼い私に作ってくれた茉莉花の練り香水。毎日付けるように、となくなりかけたら足してくれた祖父はもういない。最後の練り香水も、間もなく尽きようとしていた。

私はそれをほんの少し薬指に掬い取って耳の後ろに付ける。普段は朝にしか付けないが、今日は良い日だったから、特別に自分へのご褒美だった。

暗い室内に茉莉花の香りが漂う。その懐かしい香りを嗅ぎながらいつのまにか目を閉じていた。

暗闇の中、どこからか子供の笑い声が聞こえる。

楽しそうに、無邪気に笑っている子供。

——いや、あれは幼い頃の私の声だ。

——ああ、ではきっとこれは夢なのだ。懐かしい、祖父との思い出。

——もう十年も前のこと。

暗闇から、かつて祖父と暮らしていた小さな家が現れた――

幼い私は、誰もいない部屋の暗がりに向かって楽しそうな笑い声を立てていた。

「――それでね……あ、爺ちゃん！」

「莉珠や、お前、一体誰と話してるんだい」

「んー知らない！　でもね莉珠を撫でてくれるの。お話もしてくれるよ！」

「……そこには誰もおらんよ」

「いるもん！」

「不憫な子だ……」

祖父は私を抱きしめる。

私が寂しさのあまり空想上の友達を作って慰めにしていると思っていたらしい。

しかし、私にはソレが見えていた。私にとっての現実だったのだ。

「寂しくさせてすまんなぁ……」

まばらに生えた髭が、頰をちくちくと刺激するのがくすぐったくて、私は笑う。

「なぁに、爺ちゃん、くすぐったいよぉ」

私は祖父が大好きだった。たった一人の私の家族だったのだ。時に厳しく、時に優しく、私を育て導いてくれた祖父。

だが私の見えていたモノは祖父には見えていなかったのだ。

――人ならざるモノ。それは黒っぽかったり、白かったり、ほとんど人と変わらないようなモノもいた。獣や鳥の姿に見えたこともある。はっきり見えたり見えなかったりと、日によっても異なっていた。そこにいるのが当たり前過ぎて、幼い私は疑問にすら思わなかったのだ。

やがて祖父も私が人ならざるモノを見ていることに気が付いたが、そんな奇妙な私を気味悪がることなく可愛がってくれた。私もたった一人の家族である祖父が大好きだった。

「爺ちゃん、この草？　こっちの葉っぱは？」

祖父は薬草を摘み、それを煎じて作った薬を売り生計を立てていた。私は少しでも祖父の役に立ちたくて、あちこちから草を引っこ抜いて集めた。

「おうおう、よく見つけたな、莉珠。こっちの草は歯痛に効く。この葉は咳止めだ。

莉珠は覚えが良いな」

「やったあ！　ねえ、もっと探してくる！」

「これ、莉珠。あんまり遠くに行くんじゃないよ」

「はーい！」

その日も、まだ薄暗い早朝に家を抜け出し、小さな籐籠を手にふらふらと川沿いに来ていた。家の庭にも薬草は生えていたが、川沿いには種類の違う薬草が生えていたからだ。

覚えたばかりの薬草を摘み終え、近道にと、当時の私よりもずっと背の高い葦の合間を通っていた。そんな私の耳にどこからともなく泣き声とも呻き声ともつかぬ声が聞こえてくる。不思議なその声に、うなじがピリピリとした。

人気のない川の近く。普通の子供であれば恐れて逃げたかもしれないが、当時の私は好奇心の方が勝っていた。私の周囲にいた人ならざるモノは総じて私に優しく、危害を加えられるとは思いもしなかったのだ。

「だれかいるの？」

その泣き声は私の呼びかけでピタリとやむ。だがもしも本当に泣いているなら放っておけないと、再度声をかけた。

「ねえ、泣いてんの？」

「……泣いてなどいない」

「でも……。えっと、迷子なら爺ちゃんを呼んでこようか？」

すると、ガサガサと葦（あし）を掻き分ける音と共に、見たこともないほど美しい少女が目の前に姿を現したのだった。

「シッ、大きな声を出すでない。人も呼ばないでおくれ」

声が近いのもそのはず。私のいた茂（しげ）みのすぐ側にいたらしい。まるで誰かから隠れるように屈（かが）んだままである。

「……そなた、この辺りの子供か」

艶（つや）やかな黒髪を結いもせずに垂らした大きな目の美少女は、こちらをじいっと見つめた。彼女の瞳の色は実に鮮やかな青色をしている。泣いているかと思ったが涙は浮いていない。睫毛（まつげ）が長く、瞬（まばた）きをするだけでパサパサと音を立てそうだった。

子供心にも驚くほどの豪奢（ごうしゃ）な着物を身につけている。お金持ちの子女か何かであるのは間違いなく思えた。

それまで一番の美少女だと思っていた、本邸に住む姉の朱華よりも美しい。年頃は姉よりも少し上くらいだろうか。

「青い目……」

私はその目を見て、目の前の彼女が人ならざるモノだと理解した。

祖父から教わった人間の見分け方によると、人の目の色は黒や茶色をしているらしい。確かに私も祖父も黒い瞳である。

ずっと遠くの外つ国（とつくに）には青や緑のような綺麗な色の目をした人間もいるらしいが、あまりに遠いのでそうそう会うことはないとも聞いていた。

つまり、この青い瞳の少女ははっきりと見えるし、こうして言葉も交わせるが、人ではないということなのだろう。

「……あなた、人じゃないの？」

私の問いに、美少女は目を数度瞬（しばた）かせた後、ゆっくりと頷いた。

「――そうだ。だから、追われておる。もし捕まったらきっと殺されてしまう。このことは誰にも言わず、ここから立ち去ってほしい。父上――いや、お父さんにも、お母さんにも言ってはならぬ」

「お母さん、死んじゃって、いない。お父さん、いつも大きい家の方にいて、たまーにしか来ないの。爺ちゃんはいるけど……」

「では、爺ちゃんにも秘密だ」

「うん。いいよ、ひみつ！」

そして、その美少女の白い足が血で濡れているのに気が付いた。

「あ、血！　たくさん！」

足首よりやや上の辺りに刻まれた傷は深く、綺麗な着物にまで血が滲(にじ)んでしまっている。私はその血の量におろおろした。最初に聞こえた泣き声のような呻(うめ)き声は、傷が痛むからだったのかもしれない。

「お怪我、してるの？」

「……ああ。実は私は人魚なのだ」

「人魚？」

「ああ。この川を遡上(そじょう)していたら天敵に食われそうになり、やむなく岸へ上がったのだ。しかし人に見つかるのも危険ゆえ、そなたの爺ちゃんにも黙っていよ」

美少女は少しばかり古めかしい喋り方をしていた。きっと、見た目よりうんと長生きしている魚の精なのだろう。そんな彼女が、私に合わせるために爺ちゃんという呼び方をするのがなんとも可笑しい。

「薬、もってこようか？　爺ちゃん、薬作れるよ」

「いや、そなたの爺ちゃんも私を見れば薬にしようと思うかもしれない。知っておるか？　人魚の肉は万能の薬になるという。さあ、このまま静かにお帰り」

「でも、血が出てる……。痛いよ？」

と、そこで私は手にしていた籠の中に摘んでいた薬草の存在を思い出した。

「あ、これ、薬草！」

私は美少女に籠の中を見せる。

「だが……そなた、治療なぞ出来るのか。幼子であろう？」

「大丈夫、爺ちゃんから教わってる。これと、これ！」

たまたまだったが、摘んだ薬草の中に痛み止めになる葉と、血止めになる草があったのだった。

「薬草……ほう、この辺りに生えておるのか。どれも同じに見えるが」

「よっく見ると全然違うよー。この草、痛くなくなるから、このまま噛んで。あとこっちの、血が止まる草。ちょっと待っててね」

私は胸元から手巾を取り出した。祖父が綺麗に洗ってくれている手巾だ。

血止めの草を軽く揉み、傷口に当てがい、手巾で塞ぐように巻き付ける。たったそれだけの拙い手当てだが、美少女は喜んでくれた。

「まこと、感謝する」

ほっそりした腕が伸ばされ、そのままぎゅうっと抱きしめられる。垂らした長い黒髪が私の頬をするすると撫でていく。その感触はこそばゆいが嫌ではなかった。彼女の髪からはとても甘やかな香りがして、私は息を深く吸い込んだ。魚だと彼女は言ったけれど、魚の生臭さは全くない。

「そなたは良い匂いがするな」

頬を擦り付けられながら、私よりも余程良い香りの人に言われて気恥ずかしい。自分がどんな匂いなのかは嗅いでもよく分からないが、いつだか祖父が幼い子供は乳のような匂いがするのだと言っていた。

泣いていないと言っていたその人は、気が付けば青い瞳を潤ませて、ポタリと涙を零(こぼ)している。その涙まで宝石みたいに綺麗で、そして私も悲しくなってしまった。

「泣かないで……まだ痛い？」

私は一生懸命腕を伸ばし、彼女を抱きしめ返していた。祖父があやしてくれるように、その背中をトントンと優しく叩く。

だが彼女はふるふると首を横に振った。

「――死んで、しまったのだ……」

「だれが？」

「父が……。それに大好きだったあの人も、みんな……私のせいで……」

「人魚だから？」

「……ああ。私が――だから」

ぎゅっと強く抱きしめられて、その言葉はよく聞き取れなかった。

「……すまぬ。そなたのお母さんも……死んでしまったのだったな」

「えっとね、赤ちゃんの時でね、お母さんのこと知らないんだぁ。大きいおうちには、お父さんと、お母さんじゃない人がいてね、お姉ちゃんもいるの。でもそっちへ行ったら叩かれるから、行っちゃダメなんだ」

「それは……」

「でもね、爺ちゃんがいるんだよー。爺ちゃん大好き！」

「そうか……そなたは強い子だな」

「うん。爺ちゃんとね、あまい包子(パオズ)がだーい好き。餡子(あんこ)が入っているやつ！」

「そうか……可愛らしいことだ」

　私の言葉でその美少女が微笑んだのを見て、とても嬉しくなった。胸がじんわりと温かくなる。私も笑いかけた。

「そなたに手当ての礼がしたい。しかし、今は持ち合わせもない。だから代わりにこれを……」

　美少女は長い髪を持ち上げ、着物の襟(えり)を緩めると、そのほっそりとした首筋を露(あら)わにした。

　すると現れたのは青銀の鱗(うろこ)である。細く滑(なめ)らかな美少女の首の付け根にチラホラと鱗(うろこ)が生(は)えていた。まるで飾りのように美しく、朝の光に煌(きら)めく。

「きれい……」

「ほら、これを持っておいき」

美少女は平然とその鱗を一枚剥がして私の手のひらに載せた。

「良いの？」

私の人差し指の爪くらいの大きさの、綺麗な円鱗である。手のひらの上でキラキラと光っていた。

「私はもうしばらくしたら、ここから姿を消す。だからそなたもお戻り。約束した通り、誰にも――爺ちゃんにも決して私のことを話してはならぬよ」

「うん」

「内緒の約束だ」

美しい少女は首を傾けて、白くほっそりとした人差し指を己の唇に当てる。その姿はこの世のものとも思えないほど美しく、不思議な色香に溢れていたものだから、やはり人のはずがないと感じた。

私はコクリと頷いて、彼女の鱗を握り込む。

「……それがあれば、きっとまた会える……私の――」

そう言って、彼女は私の額に口付けた。

なんだかすごく胸の辺りがくすぐったくて、むずむずする。なのにうなじはピリピリしているのが不思議だった。

さらさらと川が流れ、微かな風で音を立てる葦の海。私は麗しく悲しい青い瞳の人魚にさよならと手を振った。

かつん、かつん、と碁石を打つ音がしていた。

家の前に卓を出し、祖父と祖父の友人である壁巍が碁を打っているのだ。祖父は楽しげに笑っている。どうやら勝負は優勢のようだ。

「なあ壁道士よ、次勝ったら儂にあの術を教えておくれ」

「あの貝の術か。そりゃあおまえさんが、あと三戦ほど勝ってからだのう」

「なんじゃいケチ——おや、莉珠おかえり。お前、朝飯も食わんでどこまで行ってたんだい」

「ただいま爺ちゃん。壁道士、こんにちは」

壁巍は白い髭を山羊みたいに伸ばした、老齢の祖父よりも更に年老いた男である。

壁道士と呼ばれており、非常に博識な道士として近隣でも有名だったそうだが、どうもそれだけではなく、私のように見えないモノが見える力を有していたとか。祖父に私の見え方が普通と違うことを教えたのもこの人だ。

子供が好きではないと公言する壁巍は、普段は私に近寄ることはほとんどなかったが、その時ばかりは驚愕した様子で碁石を投げ捨てて、大股歩きで私のところへやってきた。

「朱莉珠、手を見せなさい」

壁巍は私に詰め寄り、手首を掴む。一瞬、その目が青く光ったように見えた。青い瞳――それは先ほどの少女によく似ていた。

「……おい、どうしたんだい壁道士。孫に何があった」

祖父もただ事ではないと思ったのだろう。慌てふためいて追いかけてくる。

その頃には壁巍の瞳は黒い色に戻っていた。

「うむ、この娘から強い力――何やら呪いめいた危険なものを感じる。おい、どこへ行っていた？　おまえさん、何を持っている？」

普段言葉を交わさない大人から強い言葉で質問攻めにされ、幼かった私は震え上がった。それでもあの美しい少女との約束は守り、硬く口を閉じる。しかし手のひらに握り込んでいた青銀の鱗は、隠す間もなく取り上げられてしまった。

「やあ！　返して！」

「ああ、なんということを……。こんなものを持っていたら、すぐにあっちに引き摺り込まれてしまうぞ！　朱羨、火を熾してくれ。この鱗は焼いた方が良いだろう」

「や、やめてよぉ！」

「莉珠、いかん。こっちにおいで！」

「いやーッ！」

そうしてあの人魚の美少女から貰った綺麗な鱗は、無残にもメラメラと燃える焚火に放り込まれた。

「朱莉珠の力は相変わらずのようだな」

燃え尽きた焚火を掻き回している壁道士の言葉に頷いたのは祖父だった。

「ああ。……大きくなればいずれ落ち着くと思っていたんだが」

「見えるだけではない。どうやらこの娘は好かれやすい性質でもあるようだな。このままではあちらに連れていかれかねん。全く困ったことだ」

どうすれば、と狼狽えた声を上げる祖父を無視し、壁道士は真っ白い髭を撫でながら私に問う。

「朱莉珠や、おまえさんはこれをくれたアヤカシに名前を名乗ったか」

アヤカシ、の意味がピンとこなかったが、私は少し思い返してから正直に首を横に振った。

名前は名乗っていないし、彼女の名前も聞いていない。これに答えるだけなら彼女との約束を破ったことにはならないだろう。私は赤くなった目を擦り、そう考えた。

「そうか、それは何よりだ。おい、朱羨、おまえさんの孫はなんとかなりそうだぞ。とにかく、この娘は窓のない部屋にしばらく閉じ込めておけ。その間に繋がりを断たねばならん」

「あ、ああ。……さ、こっちにおいで」

そうして狭い家の、唯一窓のない物置部屋に一人きりで丸一日ほど入ることとなった。

普段から蝋燭はなるべく節約していたから、古い油を皿に入れた灯火が薄暗い部屋の唯一の明かり。古い油は燃えると胸の悪くなるような臭いがして、祖父が置いていってくれた好物の包子（パオズ）を前にしても食欲が失せそうになる。

「――莉珠や、もう良いよ」

「爺ちゃん、もう出て平気？」

「ああ。壁道士が清めてくれたからね。よしよし、よう頑張ったな」

そうして祖父が、かさついた手で私の頭を撫（な）でてくれる。私はこの手が大好きだった。

壁道士はもう帰ってしまったらしい。私のために清めの香を焚（た）き、一晩中儀式をしていたのだという。

「一人でよう頑張ったご褒美（ほうび）だ。爺ちゃんが作ったんだよ。ほら、開けてごらん」

「わあ、綺麗！　貝の中になんか入ってる！」

「練り香水というんだ。嗅（か）いでごらん。茉莉花（まつりか）の香りがするからね。お前の名前の莉珠というのは、茉莉花（まつりか）から取ったんだよ」

六歳の私の小さな手のひらに載せられた、当時は握り込めないほど大きかった貝殻の中には、たっぷりと練り香水が詰まっていた。

「これを耳の後ろにほんのちょっとだけ塗ってごらん。茉莉花（まつりか）の香りがお前を守ってくれるからね」

「うん！」

「毎朝、顔を洗った後に必ず付けるんだよ。爺ちゃんとの約束だ」

「はぁい！」

「それで、もしも爺ちゃんに何かがあったら……」

「爺ちゃん？」

「いいや、なんでもないんだ。莉珠……」

祖父は私を強く抱きしめた。

「良いかい、この練り香水はとっても大切なものだ。——何があっても手放してはいけないよ」

それ以来、私は人ならざるモノが見えなくなった。壁道士が行ったのはきっとそういう呪（まじな）いの類（たぐい）だったのだろう。

見えなくなったところで困ることもなかったから、かつて人ならざるモノが見えていたことも、あの葦（あし）の海の記憶もだんだん遠くなっていった。

どうやら横になっている内に眠ってしまっていたようだ。日はとっぷりと暮れ、部屋の中は暗い。

「なんだか懐かしい夢を見ちゃった……」

目を擦(こす)りながら夢を思い返す。

あの麗(うるわ)しい人魚の妖(あやかし)は元気だろうか。それから壁道士はあの時点で祖父より年上に見えたが、まだ存命だろうか。

夢の中では触れられるのに、優しかった祖父はもういない。

「爺ちゃん……会いたいよ」

私は暗闇の中で膝を抱えた。

懐かしい茉莉花(まつりか)の香りは遠い。

◆◆◆

試験への出立はもう明日に迫っていた。

楊益はぼんやりとした顔ながら存外に仕事が早かったらしく、私と話した即日に父との話を付けたらしい。私という存在を持て余した父には絶好の機会に感じたのだろう。私は無事に試験を受ける許可を得た。私に関することには何にでも反対していた義母も、もう父が決めてしまった以上文句を言えないようだった。

私はようやくこの朱家から逃げられるのだ。

仕事の合間を縫って荷造りを済ませると、物の少ない部屋がさらにすっきりとした。一番大切な茉莉花（まつりか）の練り香水は、いつものように耳の後ろに塗り、荷物の一番上に纏（まと）める。

今日は義母がやけに機嫌がよく、硬い麵麭（パン）だけではあったが朝食まで与えられた。きっと、明日には私がいなくなるのが嬉しいのだろう。

とはいえ仕事を言いつけられることは変わらない。薪（まき）を買いに行かされ、その後は休む暇もなく、街の反対側に住まう親戚の家まで酒の入った重い箱を届けに行っていた。けれどこんな生活も今日限りと思えば足取りは軽く、疲れも感じなかった。

頼まれた仕事が終わり、空腹を抱えて帰宅すると庭に何かを燃やしているような焦げ臭い空気が漂っていた。義母と小間使いが焚火に当たりながら話をしている様子だったので、当たり散らされる前にそそくさと自室へ戻る。

――そして私は部屋の入り口で呆然と立ち尽くした。

荷物が何もない。

部屋はすっからかんになっていた。今朝まで使っていたはずのペラペラの薄い寝具すら、ない。

思わずへたりと膝を突く。足が体重を支えられなかった。

頭から血が下がり、貧血のようにクラクラとして、手や足の先が冷たくなっている。だというのに心臓だけはバクバクと嫌な鼓動を立てており、何度も浅い息を繰り返した。身を起こすことも出来ず、座り込んだまま地面に手を突く。

(――やられた)

義母以外にこんなことをする者などない。今までも機嫌が良くない時には、祖父の残した物を取り上げられたことがあった。

だが、まさか明日出立というこの日にまでやられるとは思ってもみなかった。それも、私の持つ、ほんの僅かなもの全てを取り上げるだなんて、それほど憎かったのか。

何故そこまでされねばならないのだ。ただ妾の子として生まれたことがそれほどの罪なのか。

私は絶望感に支配され、しばらく動けずにじっと蹲る。少しして、血の巡りがまともになってきたらしく、ようやく動けるようになった。

そこで私はハッと顔を上げる。

さっき帰宅した時に、義母が庭で何かを焼いていたのを思い出したのだ。

私は立ち上がり、庭へ走った。

庭へ行くと、義母はまだそこにいて焚火にあたっていた。

そうして真っ青になっている私の顔を見てニヤッと笑う。真っ赤な紅を塗った唇が腐った果実のように歪んだ。してやったり、とでも思っているのかもしれない。

「おやぁ、お前、まだいたのかい？　もう、とっくに出立したかと思うていたよ」

とっくに、のところを強調して義母は言う。

「何やら小汚い塵を残していったようだから、仕方なくこちらで処分しておったのだが、何か、忘れ物でも？」

「……出立は明日です」

しれっとそう言う義母をじっと見据えたが、当の本人は微塵も狼狽えたりはしなかった。横の年若い小間使いだけが困ったように目線を逸らす。

「おやまあ、私としたことが。日付を間違えたかねえ。このところ少し睡眠不足だったから。頭も痛いし、休まなければ」

義母は思い通りに手のひらの上で踊った私が可笑しくてたまらないのだろう。嘲笑を浮かべた醜い顔の下半分を袖で押さえている。

私はいつのまにか、両手の拳を強く握りしめていた。手のひらに爪が食い込んで痛みがあったが、それは怒りを堪えるのに丁度良いものでしかなかった。

もしここで怒りのまま義母に掴みかかれば、宮女の試験を受けに行けなくなってしまう。それだけはどうしても避けねばならなかった。

それにまだ全ては燃えてないかもしれない。義母がさっさと立ち去れば、焼け跡から何か見つけ出せる可能性がある。そんな一縷の望みに縋って、この激情をやり過ごすしかなかった。

そうやって怒りを我慢し過ぎたのか、視界の端に黒い靄のようなものが立ち昇っている気がした。

――酷く気分が悪い。胸がむかむかしている。

「ああ、肩も凝っているね。肩が凝ると頭が痛くなるから。お前、私は少し寝るから、肩を揉んでちょうだいな」

「は、はい」

義母は惨めな私を満足そうにもう一度嘲笑ってから、小間使いを連れて去っていく。小間使いも申し訳なさそうに振り返り振り返りしていたが、そんな顔をするくらいなら、さっさと義母を連れて去ってほしかった。あの小間使いまで憎みたくはない。

私は義母達が立ち去るや否や、焚火に砂をかける。元々消えかけだったのか、火は簡単に消えた。焚火の薪を掻き回すのに使ったらしい火かき棒が側に転がっていたので、それを震える手で持つと焚火の跡を掻き回す。手が震えて力が入らず、両手で棒を持たなければならなかったが、私はひたすら掻き回し続けた。

けれど、本当は分かっていたのだ。もう火が消えかけということは、私の持ち物は燃やし尽くされた後なのだということを。布や本は総じて燃えやすい。

ぐっ、と喉の奥が圧迫されたように苦しくて、それでも私は何かが出てきやしないかと灰をしつこく掻き回す手を止めなかった。

カツンと硬いものに棒が当たり、慌ててそれを掻き出す。

「これ……っ！」

灰から取り出したそれは貝殻の破片だった。

貝殻は火で燃やした程度で簡単に割れたりはしない。元々、燃やされたら中身はどうあっても溶けて使い物にならないだろうと分かっていた。練り香水は精油を蜜蝋で固めたものだから熱されれば溶けてしまう。けれど、入れ物にしていた貝殻くらいは焦げても残っていると思ったのに。おそらくは燃えにくそうだからと、念入りに踏みにじりでもしたのだろう。

涙の膜が盛り上がったのを、私は袖で乱暴に汗と共に拭い去り、更に灰を掻いた。

それを繰り返し、親指の爪ほどの大きさの貝の欠片を三つだけ探し出すことが出来た。両手から棒を取り落とし、貝殻の欠片を拾い集める。焼かれていたばかりだからまだ熱いはずだが、不思議と熱は感じなかった。

（欠片でも、形が変わってしまっても、爺ちゃんの形見は形見だ！）

私は返ってきたそれを大切に握りしめる。視界の端の黒い靄も、胸のむかつきも、祖父の形見を手にした途端、全て消え失せていた。

今しがた見えていた黒い靄は一体なんだったのだろうか。

(目の錯覚……?)

それにしては、やけにはっきりと見えていた気がする。

そんなことよりも、と私はすっかり灰だけになった焚火跡を前にして息を吐いた。貝殻の破片しか残らなかった。今日寝るための寝具もないのだ。でも途方に暮れたところでどうしようもない。出立が明日なのは変えようがなかった。

──私は酷い気分で目を覚ました。

「……さむ……」

寝具なしで寝たせいで体が冷え切っていた。早春の朝には室内ですら寒さで息が白くなるほどだから、こうなるのも当然だ。

ゆっくり起き上がると体が強張って、軋むように痛む。起きてしばらくの間、体を撫でさすっていた。

散々灰を掻き回したために、体には灰がこびりつき、だというのに着替えすらなく、昨日も着ていた古びた着物姿。まさに着の身着のままである。おまけに寝具もない板張りの床に横たわっても、硬くて痛いばかりでろくに眠れるはずがなかった。

それでもまだ真冬でなかっただけ、ましだ。真冬だったら朝を迎えられずに凍りついて死んでいたかもしれない。こんな時でも風邪ひとつ引かない健康な体であって良かったと思うしかない。

私は震える手の中に貝殻の欠片を握り、拳を作った。

体は冷え切っているのに、腸は今もぐつぐつと煮えくり返っている。

「馬鹿……。爆発するのは今じゃないでしょ」

その激情を堪え、深く呼吸を繰り返して心を落ち着けた。

義母から逃げ出すには今しかない。

私が怒りのままに義母を糾弾したところで意味はなかった。きっとあの父親は見て見ぬ振りを続けるばかりだ。今はとにかくここから出ることのみを考える。もう守るべきものはこの体以外何もなく、身軽なのだからどこへだって行けるはずだ。

辛くても耐えるしかない。

きっと今が人生のどん底だ。

人生なんてままならないことばかりではあるけれど、ここが底なら後は這い上がるだけ。

絶対に幸せになるんだ。じゃないと爺ちゃんに合わせる顔がなくなってしまう。

私は気合を入れるために両手のひらで顔をピシャリと叩いた。

「……そうと決まれば、顔くらい洗いますか」

灰だらけの着物はもう仕方がない。見てくれは酷く、これでは宮女の試験で門前払いもやむなしではあるが、そうしたら日銭仕事でもなんでもやって絶対に生き延びてやる。

宮女試験を受けるのには身元を証明するため戸籍の写しが必要だそうだが、それは宮女以外の住み込みの仕事を探すのにだって使えるはずだ。

私は今この時、本当に腹を括った。

焼け残った貝殻の欠片をしっかりと握り直してから、顔をしゃんと上げて、数年を過ごしても愛着の湧かなかったがらんどうの部屋から出た。

朝餉(あさげ)の匂いがどこからともなく流れてきて、私のお腹は無情にも空腹を訴えてくる。昨日の朝に硬くなった麺麭(パン)を齧(かじ)ってから何も食べていなかった。けれど今は厨(くりや)にも顔を出したくない。

私は井戸に行って水を汲(く)み、そのままガブガブと飲んだ。冷たいけれど水だけでもあるだけましだ。

次いで、冷たい水で顔と手足を洗う。手拭(てぬぐ)いすらないので濡れた犬のようにプルプルと震わせて水を払った。

「――莉珠？　そこで何をしているの」

そう声をかけられて、思わずビクッと肩が跳ねる。その声が義母ではなく姉だと気が付いて息を吐いた。

振り返ると、姉は今起きたのか、綺麗な着物姿で露台の欄干(らんかん)にしどけなく寄りかかっている。

「もうすぐ出立ではなかったかしら。そんな汚れた格好をして……まだ着替えをしていないの？　お母様ったら、こんな日にまで莉珠をこき使わなくたって――」

「いいえ、この着物で行きます」

「え？」

私の硬い声に、何事かあったと気が付いたらしい。姉は眉を寄せて庭へと降りてくる。

「何かあったのね。貴方、荷物は？」

「……昨日、全て燃やされました。私にはもう何もありません。だから、もうこれで行くしかないんです」

「なんてこと……」

さすがの姉も絶句して目を閉じた。

「……莉珠、いらっしゃい。私のお古で良ければあげるわ」

「……いえ、そうしたら今度は私が着物を盗んだと言われかねません。だから、もう結構です」

「そんなこと言わないで。体が冷たくなってるじゃないの。ほら、湯を沸かしてあげるから」

姉は白く手荒れのない柔らかな手のひらで私の手首を軽く掴んだ。その手が泣きたくなるくらい温かくて、私は涙が滲むのを堪えて俯いた。

「お母様のことは大丈夫。私が足止めしていてあげる。着替えたら急いでお父様の部屋に行って。宮女の試験を受けるための書類を受け取ったら、すぐにこの家を出なさい。お母様が気付く前に家を出てしまえば問題ないわ」

姉の説得に折れ、私は頷いた。

裏からこそこそと暖かい室内へ入る。姉の乳母でもあった年嵩の小間使いが、湯を沸かしてくれて、冷え切った体にようやく温もりが生まれる。

「これは最近あまり着ていなかった着物なの。これならなくなってもお母様が勘付くことはないわ。流行りの色でなくてごめんなさいね」

姉に渡された着物は私が袖を通したこともないほど上質な代物だった。色褪せも擦り切れもなく、生地にも厚みがある。色に流行り廃りがあることさえ、今初めて知った。

姉は先程の言葉通り義母を足止めしに行き、その間に着物を着せてもらう。小間使いは髪を整えるのも手伝ってくれた。端切れを分けてもらい、貝殻の破片はそれに包んで、なくさないよう帯にしっかり挟み込んだ。

そのまま父の部屋に行き、紹介状と戸籍の写しを受け取る。

「ああ、華々に頼んでおいて正解であったな」

父も姉の着物を着た私を見て、ホッとしたように頷いた。

「すまないが、もしも宮女の道が断たれたとしてもこの家には戻らないでくれないか。……お前ももう十六なのだ。なんとか一人で生きる道を探すとよい。これは少ないが……」

そして卓の上に銀の粒銭を置いた。

手切れ金にしては少なすぎるが、この銀銭があれば最悪でも数日は食い繋げる。

私はもう多くを望む気もない。黙ってそれを受け取った。

父は最後まで私と目を合わせなかった。

扉を閉めた途端、向こうから安堵の息が聞こえたのも、どうでも良かった。この瞬間、親子の縁は完全に切れたのだ。

私は言われた通り、黙って家を出た。

そのまま立ち止まらずに楊益との待ち合わせの場所へ向かおうと思っていたのだが、

数歩進んだところで、脚の脛（すね）に何かふわふわとしたものが触れた。ススキの穂のようでもあり、獣の毛皮のようでもあった。

しかし裳裾（もすそ）をめくってみたが、何もない。

（気のせいかしら？）

だが、そうして一度足を止めてしまうと、やはり姉にだけは最後に挨拶（あいさつ）をしておきたいという気持ちが膨れ上がり、身を翻（ひるがえ）してこっそりと庭の方へ回った。

姉はあの小間使いと露台で何事かを話している様子だった。露台にいたのは好都合だ。外から声をかけようとそっとそちらへ向かう。葉の生（お）い茂（しげ）った木々が上手いこと私を隠してくれている。もし近くに義母がいても見つからないよう慎重に近付いた。

「――本当に、お母様ったら困ったこと」

姉は眉根を寄せて困ったように息を吐いていた。そんな些細（ささい）な仕草にも色気が混じっている。朱華という名の通り、華やかで美しい姉。

「あんなにいじめて、ねえ。あれでは近所に悪評が立つのも当然ではなくて。私、本当に恥ずかしくて……」

「ええ、ええ……」

姉が一方的に喋り、年嵩の小間使いはにこやかに相槌を打っている。

その話の内容が義母と私に関してだと気が付くのに、そう時間はかからなかった。

「いくら為さぬ仲だからと言って、あのようにいじめ抜くような母親がいる家に、良い婿など来るはずないじゃないの」

「さようでございますね」

「でもまあ、ようやくアレも出ていったのだし、お母様も落ち着くでしょう。そうすればいくらでも婿のなり手がやってくるわ。私にはこの美貌があるものね。ふふ」

「ええ、お嬢様は本当にお美しいですから」

「それに引き換え、……ねえ？」

「まるで案山子に着せた心地でございました。お嬢様の着物があまりにも似合わないものですから、もうどうしようかと」

「まあ、そうでしょうね。あの顔ではね。顔しか取り柄のない愛妾の娘がアレじゃあ悲惨だこと。けれどあんな古くさい着物なんかに大喜びするなんて、可哀想な子よね。もう少しくらい恵んであげれば良かったかしら。ほら、お母様がアレをいじめるのを私が散々宥めていたでしょう？　私、美しいだけでなく、心根までも真っ直ぐで優しい出来た女人だと評判なのですって」

「当然でございます。お嬢様に敵う女人はここいらにはおりませんもの」

ふふ、と姉が賛美を当然のように受け止めて婉然と笑う。

こんな人だっただろうか。姉はもっと、いつも申し訳なさそうに、ほんの少しだけ助け船を送ってくれて、静かに微笑んで――そんな優しい人だったはずなのに。

「――それで、お父様が用意したアレの着物代が浮いたでしょう？　だから内緒で新しい帯玉を買いに行きたいの。金二枚分だから、結構良いものを買えるわ！　うふふ、真珠のと、それから碧玉のも買えるかしら！　あ、でも真珠の帯玉に合わせて真珠の簪も良いわねぇ」

「ええ、どちらでもお似合いです。何せお嬢様は――」

その会話の意味を理解し、私の足は回れ右をして元の道へと戻っていた。

どうりで父親は銀粒しか出さないはずだ。あれは道中で美味しいものでも食べなさい、くらいの意味合いだったのだろう。

着物代を含むとはいえ、金二枚なんて大金を私に用意していたのだ。

金一枚で中流家庭の五人家族が一月悠々と暮らせるような金額だ。金二枚もあればしばらく生活には困らない。まあ手切れ金としては妥当な額だろう。

私のために用意されたお金を搾取されたことはそれほど辛くはなかった。姉が本性を隠していたことも些細なこと。

なにより一番辛かったのは、あの優しかった姉が、私のいない場所では私をアレと呼んでいたことだった。

私の名前を呼んでくれる人なんて、あの家にはいなかったのだ。

だが、これから宮女になろうがなるまいが、あの人達とはもう二度と会うことがないだろう。そう思えば多少気が楽になった。

縁が切れた人についてずっと悩んでるなんて馬鹿らしいし、時間の無駄だ。

しかし、私は怒りを抱え、決して許すつもりはない。懐に大切に忍ばせた貝殻の欠片のように、それは消えることのない尖った感情だ。

けれど今はそれより先にやるべきことが目の前にある。宮女になって、うんと幸せになる。それだけだ。

私は無言で歩きながら、拳を強く握りしめた。

第二章

「ほら、この建物だ」

楊益と合流した私はしばらく歩き、やがて立派な扁額のかかった色鮮やかな建物へ到着した。

「うわぁ……」

私はキョロキョロと辺りを見回す。

私の住んでいた辺りは王都から近く、中々栄えているとは思っていたが、それでもこんな立派な建物に足を踏み入れる機会などなかった。すっかり田舎者丸出しで建物を仰ぎ見る。

大門の左右には槍を持った衛士が立っており、色とりどりの着物をまとった若い女がずらりと列をなしていた。

「私はここまでとなる。あの列に並び、受付で戸籍の写しと紹介状を出すだけだ」

「ありがとう」

「これも宦官の仕事だ。別にお礼を言われるようなことはしていないよ。ただ、宮女になったお前さんと、後宮でまた会えることを祈っているよ」

その素朴な人柄が見える楊益の物言いが、ささくれた心に沁みた。私は無理にでも笑顔を作ってみせる。

「そう。私もお礼を言いたくて言ってるだけよ。でも、また会えたら嬉しいわ」

「――ふむ。朱莉珠。最後にお節介かもしれないがね、お前さんは宮女に向いていると思うよ。中々立派な芯があるし、それに人生の辛さを知っている。そういう人間は強い。……元気でな」

「ありがとう、楊益」

楊益はそのまま、ぼんやりした顔で通用門をくぐっていく。

私はそれを見送って、言われた通りに列へ並んだ。

前に並ぶ気の強そうな少女がこちらを振り返り、私と目が合うと途端に眉を顰めて、ツンとそっぽを向いた。随分なご挨拶だ。

列に並んでいるのは若くて綺麗に着飾った娘ばかりだった。前の娘も姉に負けず劣らずの美人だ。こうしてみると姉だってそう特別な美人ではなかった。それで私の平凡顔が何か変わるわけでもないが、なんだか可笑しくなってしまう。私が今までいたのがいかに狭い世界だったのか、身をもって知ったからだ。

思わず笑いを噛み殺す私を、前に並ぶ少女が薄気味悪そうに振り返っている。それが余計に可笑しくて、堪えるのに苦労した。

しばらく並んで、少しずつ前へ進んでいく。

ようやく受付に到着して戸籍の写しと紹介状を提出する。すると何故かじっくりと読まれ、じろじろと頭のてっぺんから爪先まで何往復も凝視され、それからようやく左側に通された。気のせいか、他の娘より時間がかかった気がする。落とされたのかとも思ったが、右側に通された娘は泣いていたから、とりあえず受付は突破出来たようだ。

もしかすると私の境遇を哀れんだ楊益が、特別に推挙でもしてくれたのかもしれない。

目の前に本人がいない以上、そう想像するしかなかった。

「朱莉珠、進め」

「はい」

最後に通された部屋に着いた時には、最初にあれだけの人数が並んでいたとは信じられないほど人数が減っていた。驚くことにもう二十数名しかいない。先程私にそっぽを向いた娘も残っていた。というか、残ったのはとびきりの美女や美少女ばかり。私がものすごく浮いているのは理解出来た。さすがにこの美女達の中でど真ん中に居座るほど図太くない。隅っこの目立たないところに立ち位置を決めた。

その部屋にはとりわけ美しく、仕立ての良さそうな着物の女性がいた。おそらく本物の宮女なのだろう。ただ美女というだけでなく、立っているだけで凛とした品位を感じさせた。やはり本物は違う。

それと医師らしい白い着物の宦官。部屋を見回すと、どうやらこの部屋には宮女一人と宦官達しかいない様子だ。

それまで部屋を守るように隅に立っていた衛士は全員部屋を出て行った。

そして、細かな彫刻の施された大きな木の衝立が部屋の真ん中に置かれていたので、私は次にすることを察した。

　おそらくあの裏で身体検査をするのだろう。かつて、後宮について記された古い書物でそんな記述を見たことがある。

　後宮で働く宮女なのだから、健康なのは勿論として、もしも皇帝の目に留まれば、下働きだろうと一気に妃になることがある。後宮はそういう世界なのだ。寵愛を受け、皇帝の子供を産む可能性がほんの少しでもある以上、身体検査は必要不可欠だ。

　私はなによりも、この貧相な体を見て不健康だと落とされないかだけが不安だった。

「――それでは名前を呼んだ者から、この衝立の向こうで着物を全て脱ぐように」

　案の定、医師がそう言うと、宮女志望の少女達は急に狼狽えて騒ぎ出す。

「で、ですが、この部屋には殿方もおります！」

「ええ、こんなところで肌を見せるだなんて……」

　気の強そうな娘達が必死にそう訴えるが、その意見は一蹴された。

「この部屋の男は全て宦官だ。問題ない。それでも脱ぐのが嫌なのであれば、即刻出ていくとよい。引き留めはせぬ」

　宮女の言葉に、たった二十数名しかいないのに、その場はまるで蜂の巣を突いたような騒ぎとなった。それでも誰も出ていこうとはしない。

「出ていく者はおらぬな。それでは開始する。これで問題がなかった者は晴れて宮女となる。それでは、一番の者——」

この身体検査で終わりということもあり、今までみたいに多数を落とすような篩にかけているわけではなさそうだった。

現に衝立に向かう時は真っ青で死にそうな顔をしていた子も、出る時には心底ほっとした表情ばかりだ。そうして、検査の終わった少女達から別室に案内されていく。

今のところ落ちた人はいないようだ。

私はどうやら最後の方らしい。順番が来るまで暇だった。

昨晩あまり眠れなかったせいもあり、立っていてもたまに睡魔がやってくる。

裸になるから他よりも部屋が暖かくされていることも理由かもしれない。人数が少ない分目立つだろうし、立ったまま居眠りするのだけは避けなければと眠い目を擦った。

ふと、私の斜め前に立っている少女の背中が目に入る。さっき私にそっぽを向いた娘だ。他の候補と同じく不安そうにソワソワとしているが、その背中に何か黒い塊他にはこんな黒いものなどなかった。

目の錯覚か、と再び目を擦ったが消えない。キョロキョロと辺りを見回しても、他にはこんな黒いものなどなかった。

（なんだろう……？）

私はその子の後ろに少しだけ近寄った。

やっぱりある。人の頭二つ分よりほんの少し小さい楕円形の黒い塊。じっと見ていると背筋がざわざわとして、これ以上近くに寄りたくない。

「……あ、あの、背中に汚れが付いてる」

「え？」

触るのは躊躇われて、離れた場所からそう声をかけると、彼女は眉を顰めて背中を振り返ろうとした。

「何か付いていて？　いやだわ、煤でも付いたのかしら」

背中に手を回してパタパタと叩いているが、彼女の背中には依然として黒い塊が張り付いたままだ。

「あ、私の番だわ。行かなきゃ」

名前を呼ばれ、彼女は軽い足音を立てながら衝立の向こうに消えていく。

(なんだったんだろう……さっきも脛に変な感触がしたけど、何もなかったし)

これではまるで、人ならざるモノが見えた時のようだ。幼い頃、私を助けてくれた壁道士はアヤカシと呼んでいた。当時は分からなかったが、きっと妖と書くはずだ。

(妖——人ならざるモノ。じゃあ、さっきの黒いのも？)

そう考えていた時、わあっと激しい泣き声がして、驚いて顔を上げる。泣き声は衝立の向こう側からだった。

「そなたは子を孕んだことがあるな？　宮女の条件を満たしていない。去りなさい！」

厳しい声が飛び、先ほどの少女が着物の前を掻き合わせながら飛び出してくる。涙で化粧をぐしゃぐしゃに乱し、部屋を突っ切って扉から出ていった。

彼女の背中にはあの黒い塊がまだ張り付いている。気のせいかさっきよりも鮮明だ。

彼女が私のすぐ前を通ったから、その形がはっきりと分かった。

——黒い塊は、赤ん坊の形をしていた。小さな手で彼女の背中にしっかりとしがみ付いている。

知らず知らずの内に鳥肌が立っていて、私は両腕を抱きしめるように押さえた。暖かい部屋で寒いはずもないのに、ブルッと体が震える。

（……なんでまた見えるようになっちゃったの？）

もう祖父はいない。あの時助けてくれた壁道士も、祖父が亡くなって葬式に来てくれて以来、会ってない。住処も連絡先も知らないし、そもそも祖父より高齢だった。まだ生きているかも分からない。


「――莉珠、朱莉珠の番だ！」

その声にはっと顔を上げる。何度も名前を呼ばれていたらしい。気が付けば部屋に残っている候補は私一人になっていた。

数人の宦官（かんがん）が怪訝（けげん）そうにこちらを見ている。その中には楊益はいない。ここではない場所にいるのだろう。見知った顔がいないだけでなんだか不安だった。

「は、はい。行きます！」

「そなたが最後だ。焦らずとも良い」

私は不安を堪（こら）えて衝立（ついたて）の内側に入る。そこには椅子やら台やらと共に、着物をかける衣桁（いこう）があった。

「緊張しているのだろうが、先程の娘は生娘ではなかったのだ。そういうことでもなければ無暗に落としたりはしない。勿論、病があるなら別だが」

「あ、健康です！　風邪ひとつ引いたことありません！」

「そうか。では脱ぎなさい。小物はこちらの籠に」

「はい」

宦官や、同性の宮女とはいえ、どうしても他人の前で丸裸になるのは躊躇ってしまう。とはいえ、検査であるし仕方がない。柄にもなく緊張しているのか、うなじがピリピリと痺れる気がする。

私は上衣の帯を緩めた。焦らなくても良いと言っていたが、時間は押しているのか美貌の宮女が脱ぎかけの私に話しかけてくる。

「そなたは随分と幼いようですが……」

「いえ、少しばかり成長が遅れてはいますが、こう見えて十六歳です。これからちゃんと食べれば伸びますし、肉も付いてくると思います」

そんなことを言いながら、数日前に会った笠を被った不審な男を思い出す。あの男にも十六歳という年齢を疑われたのだった。思い出して苛々したせいか、なんとなくうなじのピリピリが強まる。

「ああ、確かに。痩せているようですが、健康上に問題はないのですね？」

宮女は私の戸籍の写しを見て確認したらしい。

私は肯定しようと彼女を振り返り、ヒュッと息を呑んだ。

――背後の衝立の上に男の顔が覗いていた。古い時代のように頭の上で丸く髷を結った男の顔だ。黒々とした髭をたくわえている。髭があるということは、宦官ではない。一瞬、覗きなのかと思った。しかしすぐにそうではないと察した。

何故なら、この木製の衝立はかなり大きいからだ。その衝立の上から顔を出そうとすればどんな大男でも踏み台か何かが必要になる。そして、そこまですれば室内に何人もいる宦官の目に留まらないはずがない。なにより、その男の首には縄が巻き付いて、天井からピンと吊るされていた。

――つまり、首を吊っている。

そうとしか見えないし、首を吊っているのに生きている人間はいないだろう。

その首を吊った男と目が合った。

男はニヤッと笑うと鞦韆のようにゆらりゆらりと左右に揺れる。その不気味さにゾワッと鳥肌が立つ。

「どうかしましたか」

「あ、あの、お、おと、男の人が……」

私は誰かの悪戯であることに一縷の望みをかけて、衝立の上で揺れている男を指差した。

「男……？　さっきも言いましたが、この部屋にいるのは私以外は宦官ですから、大丈夫ですよ」

やはり宮女にも見えないようだった。彼女の視線は私の指差した方向を素通りして、小首を傾げている。

「そ、そうですか、そうですよねっ！」

あはは、と私は笑って誤魔化したが、首を吊った男は今も楽しそうに揺れている。

（どうしよう……。何もしてこないみたいだけど、こんな気持ち悪いのに裸を見られたくないっ！）

というか、ここにいるということは、これまでの宮女候補の着替えをこいつはずっと覗いていたのだろう。そいつをキッと睨む。

（この助平男め！）

睨んでも特に効果はなく、ますます怒りが増す。それと連動するかのように、うなじのピリピリ感もどんどん増していた。

けれどこのままこうしていては宮女になれない。いい加減に脱がなければ変に思われてしまう。

ええいままよ、とばかりに着物へ手をかけた瞬間、扉がバンッと激しく開く音がした。

うなじがピリピリを通り越して、ビリッとまるで雷にでも打たれたかのように痛み、着物を脱ぐ手を止めて首の後ろを押さえた。

なんだか訳が分からないが、衝立（ついたて）があるというのに眩しく感じて目を細める。清らかな一陣の風が吹き抜けた気がした。

首吊りの男はいつの間にか消えていた。

衝立（ついたて）の向こう側が騒がしく、ドカドカという足音と共に、何かが近付いてくる。酷く眩しい何か。

「見つけた。そなただ！」

木の衝立の向こうから、何だか聞き覚えのある声がした。

私は緩めた着物の前を合わせるのも忘れ、ポカンと口を開く。

衝立を回り込み、大股でこちらにやってきたのは間違いなく男。それも、見たことがないほどの美丈夫である。凛々しい眉に、切れ上がった大きな目、高い鼻と男らしい厚みのある唇。それらが完全に調和し、人形のように美しく整っているのに作り物めいた雰囲気はない。

それから藍色の瞳。どこかで見た気がする、けれどどこで見たのか思い出せない青みがかった色。

そんな美しい男が私の前に現れて、そして再度「見つけた」と声をかけてくる。

その声は間違いようもなく、宮女募集の板の前で会った、あの笠を被った不審な男のものと同一であった。

私は急に入ってきた闖入者をポカンと見上げる。

上背の感じも、以前、横あいから絡んできたあの非常に失礼な笠の男に間違いはない。私は思わず一歩後退りしたが、その男は腕を組んで不敵に笑う。たったそれだけなのに絵姿からそっくりそのまま出てきたように様になる美丈夫である。

だが、私はその男の雰囲気に呑まれまいとキッと睨みつけた。そうして自分を鼓舞しなければ、見惚れてしまいそうだったのだ。

「……ちょっと、何よアンタ。こんなところまで！」

「もしやと思っていたが、やはりこないだの小娘か」

「え……？」

男がなんだか訳の分からないことを言うので、私は首を傾げた。どうやら数日前に会ったのはあちらも覚えているらしい。

なんだかちょっと眩しい気さえするその男。整って美麗な顔ではあるが確実に男だ。黒々と艶のある長い髪は下手な女――つまり私なんかよりもずっと綺麗だし、耳の横から複雑に編み込まれていて女のような髪型ではあるが、髪飾りはしていない。その豪奢な着物も男物だし、腰には剣を帯びている。髭は生えていないが、それでも体に丸みを帯びている宦官とも違い、鍛え抜かれ引き締まっているのが着物を着ていても分かるほどだ。喉仏もしっかりと出ている。

こんな紛れもない『男』が宮女の身体検査の場にいて良いはずがない。

次いで思ったのは、この男は人ではなく、さっきの首吊り男のように私にしか見えていないのではないか、ということだった。

もしそうだとすれば、せっかく首吊り男を無視して誤魔化そうとしていたのに、完全に変な女だと思われてしまうではないか。

私が慌てて宮女の方を向いたところ、彼女は両膝を突き、深々と頭を下げていた。顔を伏せているため、その表情は窺えない。

「え、これってどういう……」

私は混乱し、宮女とその男の間で視線を行ったり来たりさせるしかなかった。

「ふむ、随分と小さいとは思っていたが、ちと痩せすぎではないか。そなた、まさか肋（あばら）の骨が浮いているのではなかろうな。着物の上からでも痩せっぽちの小鼠（こねずみ）かと思うたが、まさかこれほどまでとは」

男が、私が寛（くつろ）げた着物の胸元を見ていると気が付き、慌てて前を掻き合わせた。

全部脱いでいたわけではないから見られたのはほんの一部だ。見られても恥ずかしくもないどころか、その対極にあるような貧相な体付きなのは己が一番よく理解している。だからといって羞恥心（しゅうちしん）がないわけじゃない。

「な、なんなのよ！　この変態！」

真っ赤になって怒鳴りつけるが、男は白い歯を見せて場違いなほど明るい笑い声を立てた。

「だが、元気があるようで良い。うむ、わざわざ来た甲斐があったというもの」

「だ、だから、アンタはなんなの！　出ていってよ！　ここは宮女の――」

「ああ、そうだとも。そなたも宮女の募集だと知っていて来たのであろう。まさか小娘過ぎて宮女が何かも分からぬのではあるまいな。宮女は下働きの娘だとしても皇帝の目に留まり、寵愛を受ければ妃になれるのだぞ」

「って、待って……ちょっと待ってよ」

私は血の気が引いていくのを感じていた。さあっと冷たくなったおでこを手で押さえる。きっと人違いだ。そうじゃなきゃ、私を騙そうとしている？　一体なんのために？

私はきょときょとと辺りを見回した。

宮女だけでなく、この部屋の宦官も全て跪いている。皆、こちら側に――否、この男に向かって、だ。

扉のところにいるはずの衛士が止めに来ないのも納得だ。

──だって玉体を止められるはずがない。

荒唐無稽な考えである。でもそうとしか考えられなかった。否定する材料はない。

「アンタ……いえ、あ、貴方は……もしかして……」

「ようやく気付いたか。いや、国民のほとんどは余の顔を知らぬだろうから仕方がない。余はこの迦国十六代皇帝、迦諒である。そしてそなたは、余の妃だ」

「──は？」

「見つけた、と言っただろう。その芳しい香り、そなたに間違いない。余はそなたを迎えに来たのだ。未だ名も知らぬ我が妃よ」

「こうてい、へいか……きさ、き……」

妃って、私が──？

人とは驚き過ぎると目を回すものらしい。

健康優良児の私はこの時、生まれて初めて腰を抜かしたし、生まれて初めて気絶というものをしたのだった。

◆　◆　◆

パチリと目が覚める。

どこかは分からないが、明るくて綺麗で暖かい部屋だった。厚みのある柔らかな寝具をかけられている。あの薄暗い物置部屋にあったペラペラの寝具とは大違いだ。

上体を起こして見回すと朱家の姉の部屋より余程立派な部屋である。寝かされていた天蓋の付いた寝台も、これで一部屋だとしてもおかしくないほど大きい。

目から入る情報だけでなく、手に触れる寝具の感触も、上品な香の匂いも、全てが見たことないような一級品だ。頰を抓ると即座に痛みがある。夢ではない。

それはつまり、今までのことも夢ではないということである。

起きたばかりだというのに血の気が引いていく。思わず頭を抱えた。

「……っていう夢でした、なら、どれほど良かったか」

「――お目覚めですか」

「わっ！　すみません！」

起きてすぐに独り言ちていたわけだが、この部屋には私一人ではなかったらしい。先程の宮女が、これまでとは全く異なり、まるで私に傅くように、寝台のそばに控えていた。

いや傅くように、ではなく、本当に傅いているのだ。

私が、妃になるから。冷たい汗がつうっと背中を滑り落ちていく。

「あの……」

「ご気分は如何でしょう。大変申し訳ありませんが、突然気絶されたため、お眠りになられている間に医師に診ていただいております。ただの貧血ではないか、ということでしたが」

「ああ、いえ、その……驚いたもので」

「無理もございません。まずは喉を潤すものをご用意いたしましょう」

「あ、ありがとうございま――」

そこまで言いかけたところで、私の空気を読まないお腹が、獣の唸り声のようなけたたましい音を立てた。

「わっ！　すみません。そういえば昨日から何も食べてなかったんでした」

「では何か、召し上がれそうなものもご用意いたします。苦手な食べ物はございますか?」

「いえ、何も。なんでも美味しく食べられます! わあっ、また、すみません!」

私の鳴りやまないお腹の音に、宮女はクスッと笑う。

「そのように畏(かしこ)まらずともよろしいのですよ。貴方様は妃となられるお方なのですから」

しずしずと宮女は退出していく。

やはり夢ではなく現実であることに、私は引きつった笑みを浮かべるしかなかった。

しばらく後、宮女が持ってきた、早春にどこで手に入れたのかと思うような甘い果物をむしゃむしゃと食べ、今まで飲んでいたお茶は本当にお茶だったのか疑問に思うほど芳(かぐわ)しいお茶を飲んだ。そして、これまた甘い糖蜜がかけられた、胡麻やら木の実やらがふんだんに練り込まれたサックサクのねじり揚げ菓子を全部お腹に納め、ようやく満足したのだった。

「ごちそうさまでした」

はあっと息を吐く。久方ぶりに満たされた気分だ。

どうもしばらくろくに食べていなかったのがいけなかったようで、堂々巡りだった頭も段々と回り始める。

とはいえ正直なところ、今も訳が分からない。突然入ってきた不審な男に「妃だ」と言われただけでこの待遇。

確かにあの類稀な美しさも、豪奢な衣装も、あの男が皇帝である証といえばそうなのかもしれない。でも私のような庶民は皇帝の顔など知るはずもないから、本物とも言い切れなかった。だが、偽物だとしても私なんかを騙す理由はないのだ。

仮に本物の皇帝だとして、せめて私の顔が良ければこの待遇も分からなくもない。それこそ『絶世の美女である主人公が見初められた』と、物語であればそれで終わってしまう。

けれど私はチビで痩せっぽちな平凡顔の小娘だ。いっそ全て私の妄想である方が余程しっくりくるというもの。しかし、今食べたものは現実としか思えない美味しさだった。だってどれも食べたことがないような代物だったのだ。食べたことのないものをこんなに詳細に感じられる夢なんてないだろう。

では現実であるとして、何故私が妃に、とまた最初に戻ってくる訳である。

私はあの時の皇帝陛下の言葉を思い返して、なにか手掛かりがないかと頭を凝らす。

（うーん、確か『見つけた』って言ってたよね。ということは、探していたってこと？　だけど、私の名前は知らないようだった。それにこないだ道で会った時には、私を探していたという風でもなかった）

ということは、だ。私が何か目印となるものを持っていて、それを辿って探しにきたのでは、ということになる。

（目印、ねえ。まさか匂いを辿ってきたってのかしら、犬か何かじゃあるまいし）

だが、確かにそんな言葉を発していたような。良い香りだとかなんとか。

ここまで考えていた私の思考は、けたたましい音に邪魔をされる。

バンッと激しく扉が開かれたのだ。

「おい、我が妃よ！　目が覚めたそうだが！」

やたらと声のでかい――皇帝陛下、本人の登場であった。

皇帝陛下はいやに声が大きかった。別段声を張り上げている様子には見えないのだが、とにかく声量がすごい。

それは朝儀やら式典やらで、大きな声で話す必要があるからかもしれない。だとしてもそう広くない室内では少しうるさい。

私はそんなことを考えながら、突っ立ったまま皇帝を見上げていたが、はっと我に返り慌てて床に跪く。部屋にいた宮女は当然とばかりに跪いており、まるで置物か何かのようにピクリともしない。

「どうした、先程までキャンキャンと吠えていたというに、今は借りて来た猫のようではないか」

皇帝はそう言うが、こんな時は許しがなければ、おそらく口を開いてはいけないのだろうと黙りこくっていた。

「そう畏まる必要はない。そなたは倒れたばかりなのだ。楽にして構わぬ。――それから、そちらの者は外に出ておれ。余は妃となるこの娘と話がしたい」

後半は宮女に向けてである。宮女は短く了承の返事を述べると、そのましずしずと退出していく。

思わず、置いていかないで、と縋りたくなった。

置き去りにされていきなり皇帝と二人っきりで話すだなんて、とにかく不安しかない。今まで散々失礼な口をきいてしまったが、同様にして怒らせでもしたら死罪とか、その場で手打ちだとか、そんな物騒なことにはならないだろうか。

「む、どうした？　まだ気分が悪いのか」

私があれこれ考えて跪（ひざまず）いたままでいると、皇帝はその長い腕を伸ばして私をヒョイッと抱える。まるで犬か猫でも抱えるかのような遠慮のなさだ。

「うむ、顔色はもう悪くはないか。だがやはり軽すぎる」

「ひゃうっ……！」

急に抱き上げられたことに驚いたのと、地面が遠過ぎたことで、私はしゃっくりみたいな変な声を上げてしまった。

だって、抱き上げられるなんて、ほとんど経験がない。祖父は老齢で腰を悪くしていたこともあり、物心ついてから抱き上げられた記憶はなかった。

その上、異性とこれほど密着したのだって初めてだった。それも眩しく感じるほどの美丈夫である。整った顔が近く、しかもやたらと良い香りがする。心臓がバクバクと激しい音を立てていた。

「なんだ、目をまん丸にして。本当に猫のようだな。ガリガリに痩せ細った野良猫か」

じっと、黒い瞳でまじまじと見つめられ、鼓動が更に速さを増す。とにかく心臓に悪いほどの顔の良さである。

「お、降ろして、ください……！」

抵抗も出来ずに冷や汗をかいて硬直する私を、皇帝は素直に寝台へ降ろしてくれた。

「そうだな。倒れたばかりであるから無理をさせるつもりはない。もう跪く必要もあるまい。そのまま座っておれ」

「御前、失礼致します」

私がその言葉に従って座ると、皇帝は満足そうに頷き、そばにあった椅子にドカリと座り込む。

洗練されているものの、いちいち派手で大袈裟な動きである。体が大きいせいもあるのだろうが、内側の活力を持て余しているかのように見えた。

「余もあまり朝廷を長く留守にする訳にはいかぬのでな。そなたが動けるのであればすぐにも宮城へ向かわせるが、構わぬか」

「そ、その前に、少し宜しいでしょうか」

「ふむ？　許す。しかしなんだその口調は。さっきまでぎゃあぎゃあと喚いておったのに、そのようなこまっしゃくれた物言いなど出来たのか。いや、読み書きの成績は今日の宮女候補の中では一番良かったそうだが」

そうなのか、それは初耳である。だが私の話はそのことではない。

「ま、まずはこれまでの数々の無礼をお詫び申し上げます。それから、何故私を妃と……その理由をお聞かせ願いたく」

「は、そのような」

皇帝は不敵に笑う。

「皇帝たる余がそう定めたからに決まっておろう。だが、そうだな、そなたは良い香りがする。……それだけだが」

「……はい？」

まったくもって意味が分からず、首を傾げる。

「それより、余はそなたがその口調で話すのは好まぬ。いや、外ではそれも必要だが、こうして二人きりの時は今までのようなざっくばらんな言葉で構わん」

「そ、そんな訳には参りません！」

「いいや、これは命令である。だが、そなただけでは公平ではない。余もそなたの前ではもう少し砕けた話し方をしてやろう。余、ではないな……こうして俺が命令するのだ。良いか、分かったな」

そう言って指を突きつけて、白い歯を見せて笑う様は、皇帝と言ってもせいぜい私より三つ四つ年上のまだ若い青年であるのだと感じさせる。高貴な生まれのこの人は、確かに特別ではあるのだろうが、同時に私と同じ当たり前の人間でもあるのだ。

私の肩からかくんと力が抜ける。それにしたって傍若無人すぎやしないだろうか。いや、庶民の私にはありがたい話であるのだが。

「は、はあ……。それで良いのなら。でも、私には本当に分かりません。何故、私なのですか。陛下は私のことを散々十六歳には見えないと言っていたのに。顔だって、特別美人でもないし、私より優れた人なんてたくさんいるでしょう」

「さあな」

「さあってなんですか。私は人生がかかってるのに！」

「だから、俺とて分からんものは分からん。それとも、そなたは何か勘違いをしていないか？　別に俺はそなたに一目惚れしたわけではないぞ」

「なっ⁉」

皇帝はニヤニヤと笑い、髭のない顎を撫でさすっている。

「言っただろう。そなただと思った。それだけだ。俺は匂いを辿ってきたのだ。おそらく、こちらにいるだろうという直感でな」

（犬かっ！）

私は頭を抱えた。

本当に匂いを辿ってきたただなんて。意味が分からない。私が絶世の美女であれば全て納得なのに、そうではないから混乱するしかないのだ。

混乱した頭をほぐすため、こめかみを指で揉む。

「……えーと、陛下は本物の皇帝陛下に間違いないんですよね？」

「むろん、そうだ」

「それで……私がその妃になるの……ですよね」

「ああ、そうだ。そなたは俺の愛妃として後宮へ入る。もうその手続きも進めさせている。後宮に妃は他にもいるが、そなたのように身分を問わず、王がどこからか見出して連れてきた妃を愛妃というのだ」

ピンとこない私はちょっと首を傾げる。

「他にも妃がいるんですね」

それは当たり前のことだ。この人は皇帝だし、本来であれば数千数万の美女を侍らせていてもおかしくない。何故自分が選ばれたのか分からない以上、妃が他にもいるということにむしろ安堵さえしたのだった。

「そなたは……嫌なのか」

私はない胸をホッと撫で下ろしていたので、皇帝の呟きを聞きそびれて聞き返す。

「え？」

「だから、そなたは俺の妃になるのが嫌か、と問うたのだ」

「ええと……」

私は眉を寄せた。

まだ会ったばかりなのだ。好きとか嫌いとか以前の問題だった。そもそも私は恋愛感情を持つに至ったことがない。恋愛は置いておいても、ただ好きかどうかでいえば今も昔も祖父が一番好きだ。

私にはもう帰るところがない。だから何も考えずに受け入れてしまえば良い。だが、それは皇帝相手だとしても不誠実な気がした。

「……正直に言いますと、嫌とか以前の問題で、まだ実感がなくて困惑してます。私は宮女になりたいというか、働いて自力で生きていく道を見つけたかっただけなんです」

皇帝は、私の言葉に「ほう」と言い、顎を撫でる。

「それに、他の煌びやかな綺麗な子と違って、万が一にも見初められるかも、なんて考える顔じゃあないし」

「確かにそうだな。だが多少肉がつけば、そのガリガリに痩せ細った野良猫のような風貌も少しはましになるであろうがな」

「もうっ！　なんなのよ！　こっちは真面目に悩んでいるのにっ！」

皇帝の混ぜっ返しに、思わず本音が漏れ、慌てて口を押さえるが、一度発した言葉は戻すことが出来ない。冷や汗がどっと出る。ざっくばらんに話せと言われても、さすがに今のはまずいだろう。

だが、皇帝は立腹するどころか可笑しそうに腹を抱えて笑い出す。

「くっ……ははははっ。赤くなったり青くなったりと、そなたは面白いな。二人の時には許すと言っただろうに。まさか、この程度で首を切れと命じたりはせん」

「そっ……そうですか……」

ほっとしたことで体から力が抜け、がっくりと俯く。

「そうだとも。だが、もしそなたが妃になるのが嫌だと言っても、俺はそなたを解放する気はないがな。……ようやく見つけたのだ」

「えっ……その、見つけたって――」

問い詰めようと口を開いた瞬間、私の視界はぐるんと回り、気が付けば寝台の上に転がされていた。仰向けになった私の上に皇帝が覆いかぶさってくる。

綺麗すぎる顔が間近に迫り、私は頭が真っ白になってしまった。

「そなたは俺の妃だ。俺のものだ。そうだろう？」

私は俎板の上で捌かれるのを待つ魚のように、ただ口をパクパクとさせることしか出来なかった。

皇帝の顔が目の前にある。

もう吐息がかかるほど近い。切れ上がった大きな目どころか、それを縁取る睫毛の長さまでしっかりと分かるほどの近さ。

なんでこんなことになっているのだろうか。

私は心臓はドキドキを通り越してバクンバクンと、体の内側から破裂するのかと危ぶまれるほどに激しく鳴っている。

ただ普通に話をしていただけだったのに。

至近距離で見える瞳は藍色。さっきは確かに黒い瞳だと思ったのに、今は明るい藍色に変化している。思えば倒れる前に皇帝の顔を見た時も、目は藍色だった。藍色――深みのある青い色の瞳。記憶の底を刺激する、青。

「そなたは本当に小さいな」

皇帝の手が私の頬を撫でていく。その手は静かに首まで下がり、太い血管のある辺りをなぞる。その指の感触に肩が勝手に動いてしまう。

「どうした？　脈がだいぶ速いぞ」

「ぁ……う……」

何事か返答しようとしても、茹だった頭は役に立たず、口をパクパク動かすばかり。

これだけでも私の頭は破裂しそうなのに、皇帝は顔を更に近付けてくる。

「……っ！」

（これって、もしかして――口付け⁉　こんなところで⁉　待って、まだ心の準備がっ！）

妃になるということは口付けどころではなく、それ以上のことをするのだと、詳しくないなりにも分かっているつもりではあった。

だがそれはあくまで、つもりでしかなかったのだ。

「ま、ま、って、待って！」

もう無我夢中である。顔は真っ赤だし、汗もダラダラとかいている。

「待ってって！　言ってるでしょうが！」

私はつい、腕を伸ばし渾身の力を込めて皇帝の肩をぐぐっと押し返した。

「ぐっ……そなた、中々に力が強いな。鶏ガラのような細腕をしておいて」

「わあっ、申し訳ありませんっ！　その、つい！　あの、ええと、まだっ、心の準備がですねっ……」

私が強く押し過ぎて痛かったのか、皇帝は少しだけ引いてくれる。でも、どう考えてもこれはよろしくない。『つい、思わず』そんな程度で皇帝に思いっきり逆らってしまったのだ。私の顔色は赤から青に変わる。冷や汗も止まらない。

「嫌とかそういうことじゃなくてですね、わ、私……」

最初から取り繕(つくろ)える気もしていなかったが、だんだんと自分でも何を言っているのか分からなくなってくる。

そんな私を、皇帝はいかにも可笑(おか)しそうに見る。その目はいつの間にやら黒い色に戻っていた。

「なんだ、そなたまさか口付けられるとでも思うたか」

「は⁉」

「いくら我が妃とはいえ、そなたのような幼子にいきなり手を出すわけなかろう」

「へ？ ……え？」

「そなたが何故良い香りがするのかと、確かめたくなっただけなのだが。そうか、口付けされると思うたのか。可愛いところもあるではないか」

皇帝はニヤニヤと笑いながら、私の唇を人差し指でツンと突(つつ)いた。

「まあ、毛を逆立てた猫のようで、中々に愛らしくはあるがな」

次いで私の喉の辺りをこちょこちょと擽(くすぐ)る。

「――っはあああぁ⁉」

十六歳なんだから幼子じゃないとか、人を猫扱いするなとか色々と言いたいことは、本当にたくさんあったというのに、私の口を衝いて出たのはそんな雄叫びだけであった。

幸いなことに、皇帝は私の失礼すぎる態度にも立腹したりはしなかった。むしろ機嫌良さそうに私の頭を撫でたり頬を引っ張ったりと散々こねくり回している。私が怒ったり、過剰に反応したりすればするほど楽しそうだ。本当に私を猫か何かだと思っているのではないだろうか。

今はどういうわけか後ろから抱えられていた。なんだか子供の玩具になった気分だが、当たらずといえども遠からず、といった感じかもしれない。

皇帝は体が常人よりも大きく、眩いほどの美貌であるものの、なんだかやることなすこと子供っぽい。天真爛漫といえばそうなのだろうし、その鷹揚さは国を率いる者として、怒りっぽいよりは良いのだろうけど。

（というか、なんか物凄く匂いを嗅がれているんだけど……）

皇帝は私を後ろから抱いたまま、スーハーと嗅いでいた。もう抵抗する気も起きない。前からではないため、直視すると心臓に悪い顔が見えないことも理由だと思う。

私から良い匂いがすると言われても心当たりはなかった。いつもであれば、あの茉莉花の練り香水を付けていたが、あれはもうない。強いて言えば、さっき食べた果物の香りがまだ残っているかもしれないといった程度だろうか。


それがしばらく続いた後、ようやく皇帝は私を解放した。

もうぐったりとしてしまうほど疲れた。妃になるということはこんなことが頻繁にあるのかもしれないと思うと、少しだけうんざりする。

「そろそろ刻限か。馬車を用意させておる。そなたも共に、と言いたいところだが、俺は今日は後宮へは向かわん。まだ政務があるからな。そなたのことは先程の宮女によくよく頼んでおくとしよう」

「はあ。ありがとうございます」

私は皇帝にペコリと頭を下げた。

皇帝はその私の頭をグリグリと強く撫でながら言う。

「……では、妃になるそなたから大切なものを貰いたいのだが」

「はい？」

私は撫(な)でられてくしゃくしゃになった髪を手で直しつつ首を傾げる。

私が何を渡せると言うのだろう。考えても思い当たらない。

とりあえず自分を見下ろしてみるが、私は完全に手ぶらなのである。今着ている着物以外の持ち物といえば、祖父の形見の貝殻の欠片くらいのもの。いくらなんでもそんなものを差し出せとは言わないだろう。

「皇帝陛下。申し訳ありませんが、何を渡せば良いのですか。ちょっと思い当たらなくて。私、荷物の一つもないのですが」

恐る恐るそう告げると、皇帝陛下は呆れ返ったように腕を組み、わざとらしく溜息を吐く。

「はぁ……馬鹿者め。名前だ名前！　未だ名も知らぬ我が妃よ。そなたの名前を教えよと言っているのだ。それとも俺にいつまでも名前を呼ばせぬ気か？」

「あっ、そういう……」

そういえば名乗りすらしていないのだった。恥ずかしいことに、気絶したせいもあり、完全に忘れてしまっていた。

私はこんな時くらいは、と姿勢を正して真っ直ぐに皇帝を見た。

「大変失礼致しました。私の名前は朱莉珠と申します。朱色に、茉莉花の莉、それから珠と書きます」

「ほう、茉莉花か。──莉珠。そなたによく似合う。……良い名だ」

「……ありがとうございます。陛下」

名前を褒められて思わず笑顔になってしまうのは、大好きな祖父が付けてくれた名前だからだ。

心の底から出た笑顔に、皇帝も優しい笑みを返してくれる。そういう風に笑った皇帝は元々顔の造作が良いこともあり、見惚れるほど綺麗だった。

「……そなたこそ、陛下陛下と呼んでおるが俺の名前は覚えているか？　申してみよ」

「勿論覚えております。迦国の皇帝陛下、迦諒様」

そう言って皇帝を見上げた私のおとがいを、彼はさらに上を向かせるようにクイッと指で持ち上げた。

皇帝は私の顔をじっくりと見る。そんなにじっと見つめる価値などない平凡な顔だというのに。

「――ああ、その通りだ。莉珠よ。だがそなたには俺の真名を教えよう。俺は幼き頃にはその名で呼ばれておったのだ。今もその名で呼ぶ者はごく僅かしかおらん」

「は、はあ」

「雨了だ。二人きりの時はそう呼べ」

いつのまにか皇帝――雨了の瞳はまた藍色に変化していた。なんて不思議で綺麗な目の色なのだろう。

その目でじっと見つめられると、ソワソワと落ち着かないのに、何故か動けなくなってしまう。

「雨了と呼べと言っているのだ」

「はい。……雨了様」

「様はいらぬ」

「……雨了?」

雨了は、私がその名を呼ぶと、それまでとは違う、どこかゾクッとするような笑みを浮かべた。

「そうだ。莉珠――俺の妃」

雨了の眩しいくらい綺麗な顔が近付いて、一瞬、時が止まってしまったかと思った。

不意に私の唇に柔らかいものが触れ、すぐに離れていく。

今のは確かに口付けだ。そう気が付いた時にはおとがいを持ち上げていた手も離れていた。

「どうした、また猫のような真ん丸の目をして」

含み笑いのその声はいつも通りのもの。

「いっ、いっ、いまの……」

「口付けだが？　そなたには不意をついたほうが良さそうだったからな」

「――っ‼」

幼子には手を出さないんじゃなかったのか、と問い詰めたかったのだが声にならず、ただただ真っ赤になって己の唇を手で押さえることしか出来なかった。

「そなたの大切なものは確かに貰い受けた」

一体どれのことを指しているのか。

ぎゅっと眉を寄せて涙目で睨む私の鼻をむぎゅっとつまみ、雨了は白い歯を見せて笑う。皇帝どころか悪戯小僧みたいな顔で。

そして私は絶世の美女ではないにもかかわらず、何故か皇帝に見初（みそ）められた愛妃として後宮へ旅立つことになったのだった。

そこに何が待ち受けているかも知らずに——

第三章

私は車輪が朱色に塗られた馬車に乗り、後宮へ向かっていた。
天蓋（てんがい）があるだけでなく、周囲もしっかりと覆（おお）われた四頭立ての立派な馬車である。装飾も見事なもので、まるで小屋ごと移動しているかのようだった。これはきっと特別仕立ての馬車なのだろう。とはいえ、私は馬車に乗るなんて初めてだから他と比べようもない。

今まで馬車に乗るほど遠くまで行くことはなかったし、そもそも庶民は馬車なんて乗る用事などそうない。朱家の人間はたまに馬や馬車を使っている様子だったが、まさか私を乗せてくれるはずがなかった。

そんなわけで初めての馬車の感想は、思っていたより揺れるんだな、ということだった。

これが馬車酔いというものなのか、ずっと乗っているだけなのに、なんとなく古くなった揚げ麺麭（パン）を食べた時みたいに胃のあたりがムカムカとしてくる。

だが座席にふかふかの綿入りの絹が張られており、寝そべることも出来るのだ。揺れる以外は居心地が良い。胃のムカムカもしばらく横になっているうちに忘れていた。馬車内部にも間仕切りの紗（しゃ）が張られ、同乗している宮女からも隔離されているので私はすっかり寛（くつろ）いでいる。

宮女は時折こちらの様子を窺ってくるが、それだけだ。むしろ喉が渇いた頃や、やや揺れがキツく感じた頃合いにちょうど良く休憩をしようと申し出てくれるのは助かった。彼女があまりにも気が利くせいで、もしも私が宮女になれていたとしても、彼女のように空気を読んで先回りするのは相当難しかっただろうと思うのだった。

どれだけ走っただろうか。私は少し暇を持て余していた。

馬車は周囲をしっかりと覆（おお）われているため寒くはないが、代わりに外を見ることも出来ない。どこを走っているのかも分からず、あとどれだけかかるのかも分からない。ただひたすらぼうっとするしかないのだった。

ぼんやりとしている間にうとうとした私は、車両が小石にでも引っ掛かったのか、カタンという振動で目を覚ました。その時だった。

だらしなく投げ出した両足に、何やらこそばゆい感覚があったのだ。ふわふわした柔らかいものを擦り付けられているような不思議な感触。

これは前にもあった、と飛び起きて裳をめくり上げた。

「わっ――」

思わず声を上げかけて、慌てて口を手で押さえる。

そこには猫がいた。

頭の天辺から長い尻尾の先まで真っ黒で、緑色の瞳の黒猫である。若干毛足の長いふわふわの猫が、私の足にその毛皮を擦り付け、首を傾げるみたいにこっちを見上げている。あどけない顔付きからすると、まだ子猫なのかもしれない。

(か、可愛いー!!)

思わず身悶えるほどの愛らしさ。

もう可愛い以外の言葉は出てこない。ねこ、かわいい。

「どうかされましたか?」

「い、いいえ、なんでもないです!」

「……それは失礼致しました」

声を上げかけたせいで不審に思われたようだが、なんとか誤魔化せた。もしこの黒猫が汚いとか言われて追い出されでもしたら悲しい。

（一体、どこから入り込んだんだろう。というか、いつの間にここにいたんだろう。それにこのふわふわの感触……前と同じような）

脛（すね）にふわふわの感触が触れたのは今だけのことではない。朱家を出る時にも柔らかいものが触れる感触がして足を止めたのを思い出す。あの時は何も見当たらず、ただの気のせいかと思ったのだが。

（……もしや、これ、本物の猫じゃないのでは）

真っ先にそう考えてしまうのも無理はない。こんな豪奢（ごうしゃ）な馬車に、簡単に猫が紛れ込めるものだろうか。毛は黒く、ちょっとそこら辺に潜（もぐ）り込んでしまえば見つからないかもしれないが、こんな馬車、当然、掃除や点検がしっかりされていそうなものである。

（妖（あやかし）とそれ以外の見分け方とかないかな……このままじゃ、独り言の多い変な妃だと思われちゃうし）

私はとりあえず、香箱座りをしている黒猫をちょいちょいと撫でた。猫は気持ち良さそうに目を細め、撫でてほしいところを擦り付けてくる。ものすごく、かわいい。あまりに可愛くて、抱き寄せようと持ち上げた。黒猫は嫌がらずにされるがままだったが、その伸びた腹を見て私は察する。

（あっ……、この子は妖かぁ）

――黒猫の足は六本だった。可愛らしい前肢と後肢の真ん中、腹の横辺りからもう二本の足がにょっきりと出ていたのだ。

形は前肢と同じだが、真ん中にあるこの足は中肢とでも呼べば良いのだろうか。ついでに言うと雄である。

黒猫は前肢で顔をくしくしと洗い、次いで中肢を持ち上げてペロペロと舐め、最後に後肢も持ち上げて器用に腹の下の方を舐めていた。見ている分には足が多いだけの猫にしか見えない。あと、とにかくかわいい。

こんなに可愛い妖もいるようだ。美少女にしか見えない妖もいたし、妖と言っても千差万別なのだろう。

猫の妖は何もしてこないどころか触っても嫌がらないし、毛並みはふわっふわで極上の手触りだ。足が六本ということは、可愛らしい肉球も、なんと六個もあるのだ。これはお得である。中肢の感触は他の足と変わらなかった。ちゃんと硬いところは硬く、肉球はプニッとしており、歩く時も邪魔そうにはしていない。

（この子をどうにかして飼いたい！）

急に見えるようになった妖のことはまだ少し怖い気もするが、かつて見えていた妖は私にとって優しい存在だった気がする。

さっきの首吊り助平男も、宮女候補の着替えを覗いて喜んでいるだけだったし、背中に張り付いていた黒い赤子も、ただ母親と思しき娘にくっ付いているだけだった。そして六本足の猫はひたすら可愛いだけ。

むしろ妖なのだから、こっそり連れ込んで飼ってしまえば良いのではないか。餌は何が必要なのだろう。そもそも妖って何かを食べるのだろうか。

ねえ、と声には出さず、黒猫を指で突いてみると、黒猫は不思議そうに小首を傾げるのだった。

ただただ退屈な馬車での移動も、同じ空間に猫がいるだけで楽しい。ころころと転がる猫を見ているうちに時間が矢のように過ぎていった。

しばらくして馬車は動きを止める。どうやら到着したらしい。馬車に乗る前までは後宮へ行くということ自体に緊張していたが、今はこの黒猫の妖をうまく連れ込めるか、そちらの方が気掛かりになっていた。

「失礼致します」

間仕切りの紗がめくられて宮女が姿を現す。彼女は私が抱きかかえた妖の猫を見て大きく目を見開いた。

「まあ、猫ですか……!?」

その言葉に私も少なからず驚いた。妖は普通の人には見えないものと思っていたからだ。

「最初からお連れではありませんでしたよね。どこからか紛れ込んだのかしら」

「あの、この子が見えるんですか？　この、六本足の猫が……」

「六本……？」

宮女は意味が分からないとばかりに首を傾げる。少し考えてからまた口を開いた。

「……ああ、もしかして六本指の猫なのですか？　ごく稀に六本指の猫がいるそうですが、とても縁起が良いそうですよ。黒猫は福猫とも申しますから、重ねて縁起が良いということですね。さすが愛妃に選ばれるお方ですこと」

宮女はそう言いながらニコニコとしているが、私の言葉の意味が分からないという困惑が透けて見えていた。私の機嫌を損ねないようにと取り繕っているものの、それでもこの黒猫がごく普通の猫にしか見えていないのだ。

普通の猫に見えるというのなら、このまま飼ってしまえば良いではないか。私は猫に視線を落とす。

じっと見つめる私に気が付いたのか、黒猫も私の方を見て首を傾げ、じゅう、と鳴いた。

なんとも不思議な鳴き声である。

荷物すらない私は、じゅうじゅうと鳴く不思議な六本足の猫だけを手に、後宮に入ることになったのだった。

名前は『ろく』だ。

六本足の猫だから、ろく。我ながら安直だ。

「今日からよろしくね」

ろくを連れて、宮殿の用意が整うまでと、あてがわれた部屋へ入る。

「じゅうっ！」

突然、ろくが部屋の暗がりに飛び込んだと思ったら、その口に小さな黒い塊を咥えていた。

「虫……じゃないわね。――小さな妖？」

見ているだけで背筋がゾワッとするおぞましい黒い塊だが、これからはろくが番犬ならぬ番猫をして私を守ってくれるつもりらしい。

「ありがとう、ろく」

私はろくに笑いかけた。

「でも、次からは見せないで。頼むから、本当に！」

ろくは分かっているのかいないのか。

「食べるところも見せないで！」

私のそんな悲鳴が響いた。

◆　◆　◆

――宮女試験からもう数日が経過していた。

目が眩みそうな絢爛な広間。

ここ龍圭殿は主に儀礼用に使われる豪華な宮殿だった。

朱に塗られた柱はびっしりと入れられた細かな金の模様で輝き、龍を模した大きな香炉からは馥郁たる香りが漂っている。

そこで今から私の入宮の儀が行われるのだ。

後宮に入る妃が皇帝と初めて顔を合わせ、臣下の礼をとる。そういう儀式である。

太上皇や雨了の他の妃嬪も列席しているため、さすがに緊張した。

「よろしいか、朱氏。落ち着いて練習の通りにやるのです。大昔、この儀で失敗した妃が皇帝陛下に斬り殺された、などという逸話もあるくらいですからね。くれぐれも失敗だけはなさらぬように」

教育係の宦官、梅応はそんな物騒なことを口にして私を脅す。

けれどここまで来て怯むわけにはいかない。

私は一呼吸し、心を落ち着けて儀式の間へ足を踏み入れる。

正面、高い位置にある大きな玉座には威風堂々と座る雨了の姿があった。絢爛な部屋にも決して見劣りしない。煌びやかな着物に冕冠、その飾りの隙間から見える双眸は真っ直ぐに私を見据え、黒い瞳がさあっと青みがかっていく。距離があるにもかかわらず、何故だかそこだけはっきりと見える。

うなじがピリピリとして、無意識に雨了の方へ吸い寄せられてしまいそうな気がした。

（いけない、集中しなきゃ）

私はすぐ我に返り、散々練習した通りに一歩を踏み出す。

（よし、これで最後——）

玉座に向かって何回頭を下げ、左右には何回、と細々と決められている複雑な礼を終え、私はそっと玉座の台下で跪く。

全て練習の通りに出来た。後はこのまま姿勢を崩さず雨了の言葉を待つだけのはずだ。

そう思った瞬間——

ぽとり、と音を立て、跪いた私の膝近くに何かが落ちてくる。

一体何が、とそうっと目線を下に向けると、人間の指がそこにあった。

付け根で切り落とされたような指が一本。しかも、あろうことかそれが虫みたいに這い回り始めたではないか。

ひっ、と息を出しかけて慌てて呑み込んだ。これは本物の指ではない。

おそらくは——妖だ。

（よりにもよってこんな時に！）

茉莉花の練り香水を失って以来、こんな妖が身の回りにうろちょろしていた。

かつて祖父が壁道士に頼んでかけてくれた呪いが切れてしまったのだろう。

ろくがいれば他の妖を寄せ付けないが、さすがに儀式の間には連れ込めない。私は見えるだけで妖に何も出来ないのだ。

（見えないフリ、見えないフリ！）

しかし、私の意向をものともせず、静まり返った儀式の間の床にぽとりぽとりと何かが落ちていく音がする。何が落ちているのか、想像しただけで震えが来そうだ。耐えていても鳥肌が立つ。ゴクリと唾を呑み込み、横目で確認する。

案の定、人間の肉体の一部が儀式の間のあちらこちらに落ちていた。耳に鼻、そして目玉らしき何か。怖気立つ光景である。しかもそれが這い回るように動く。悲鳴を上げたくなるのを必死で堪えるしかなかった。

それらは妃嬪や宮女の足元にも転がっていく。

儀式の間に、ざわめきが起こり始めた。

「きゃっ、鼠が――」

「いやだ、どちらに？」

「しっ、貴方達、お黙りなさい！」

どうやら私以外にも多少は見える人がいるようだ。だが幸いなことに鼠と誤認されているらしい。そのままの形で見えていたら悲鳴どころでは済まない。

あちらこちらに散った肉体の一部はみるみる内に床の一箇所に集まり、穴などないはずの床からすうっと消えていく。

這い回っていたのはそう長い時間ではない。わずか数十秒のことだろう。

それがもとより何もなかったかのように全て消え失せていた。

しかし、何故そこから消えたのか。何がしかの意図がある気がして、儀式の方が気もそぞろになっていた。

「……立ち上がってください。玉座に礼を」

背後から私付きの宮女にこっそり指示されて慌てて立ち上がる。

だが私はすっかり失念していたのだ。

未だ慣れない長い裳は滑らかな絹。艶々と飴みたいに磨かれた床との相乗効果で、容易に足を滑らせることを。

裳裾を踏んだ私はそれはもう見事な勢いで半回転した。

「ひゃうっ！」

ぐるん、と景色が回り、こんなところまで絢爛なのか、と天井を見上げたところでゴチン、という音と共に後頭部に激しい衝撃があった。次いで痛み。もう声も出ないほどに痛い。

「ッ……！」

私はぶつけた箇所を押さえ、痛みに悶絶した。

ざわついていた儀式の間がシンと静まり返る。

ひっくり返ったまま、さあっと血の気が引いた。

(やってしまった……!)

よりにもよってこんな局面ですっ転ぶとは、なんて大失敗をやらかしたのだ。

私付きの宮女も袖で口元を押さえ、助け起こすのも忘れて凍りついている。

打ち付けた後頭部の痛みは涙が浮かぶほどだが、それよりも烈火のように怒るであろう梅応の姿が脳裏を過り、肝が冷える。

完全に失敗してしまったのだ。

挽回は無理だとしても、とにかく今は皇帝陛下の御前である。

失態を詫びなければ、と無様にもがきながらもなんとか起き上がろうとした私の耳に、ダン、と床を打つ激しい音が届く。

「莉珠っ!」

数段高い位置にある玉座に座っていたはずの雨了がすぐそこにいた。まさか今の音は、こちらまで一気に飛び降りでもしたのか。慌てて身を起こそうとした私を止めて、そのまま肩を支えてくれた。

冕冠を取り落とした雨了の美麗な顔が目の前にある。その瞳は青々と不思議な光を放ち、私をじっと見つめていた。

思わず心臓が飛び上がる。雨了は私の狼狽に気づきもせず、こちらを本気で心配しているのか形の良い眉を寄せ、頬にそっと触れる。心臓がとくりと跳ねた。

「待て、動いてはならぬ。頭を打っておるのだ。——急ぎ侍医を呼べ！」

「は、はい！」

バタバタと幾人かが駆けていく音がした。

私はそのまま別室に運ばれ、侍医の診察を受けたが、ただのタンコブという診断結果だった。

けれど、それで怪我がなくて良かった、めでたしめでたし、で終わるはずもない。

「な、な、なんてことをぉっ！」

梅応は怒るというより最早泣いていた。怒られるよりよっぽど居心地が悪い。

「ああ……だからあれほど言ったのに。これじゃもう出世は見込めない……私の宦官人生は終わりですよぅ！」

梅応は袖を濡らし、おいおいと泣き伏した。良い歳をした大人が泣く姿に、居た堪れずに目を逸らす。

いくら妖に心を乱されたとはいえ、転んだのは完全に私の責任だ。詫びの声もかけようがない。

「――梅応よ、それくらいにしてくれ」

ひょっこりと雨了が戸口に顔を覗かせた。

その後から宮女が雨了を追いかけて慌てて入室してくる。なんだか大変そうだと呑気に思った。

「ひいっ、へ、陛下っ！」

梅応は雨了に相当驚いたのか飛び上がり、私とお揃いのタンコブを額に拵えるのかという勢いで叩頭する。鈍い音がして私は顔をしかめた。

「良い。我が妃と二人にしてくれ。そなたらも下がれ」

雨了はヒラヒラと手で払い、梅応や宮女達を追い出してしまう。

宮女は手にした鉢を置いていく。そこから何やらふわりと甘い香りがして、ついくんくんと嗅いだ。果物が既に剥かれた状態で収まっているようだ。

「莉珠よ、打った箇所は大丈夫か」

「え、ええまあ。タンコブだけで済みました。でも、その……よりによってあんな場面で失敗してしまって……」

居た堪れなくて語尾が弱々しくなる私に、雨了はニカッと笑みを浮かべる。

「何を言うか。儀式も大切だが、そなたの身に勝るものではなかろう。大きな怪我がなくて良かった」

そう言いながら寝台にどっかりと座った。

「しかし、そなたが倒れてこうして運ばれるのは二度目だな」

「こ、今回は気絶してませんっ！」

「確かにそうだ」

雨了は私の頬を突(つつ)いて笑う。

「入宮の儀のことは心配しなくて良い。あれで一通り終わったことになっている。そなたが転んだのも、もう退出の直前であるしな。倒れたのは体調不良ということにしてあるから問題ない」

「そうですか。……良かった」

正直もう一回やり直しするのはごめん被(こうむ)りたい。

「それでな、見舞いに果物を持ってきたのだが、食べるだろう？」

そう言った雨了が剥かれた果物の盛られた鉢をこちらに押しやる。

確かに美味しそうではあるが、私は首を傾げた。

「何故、果物を？」

「そなたは甘いものが好きだろう。餡入りの包子などいかにも好きそうだ。前回倒れた際にも菓子や果物をよく食べたと報告を受けたが」

「あ、あの時は……ご飯を食べていなかったので。今はちゃんと食べてます。この果物も、まあ無駄にするわけにはいかないので、いただきますけど」

きちんと食べてはいるのだが、成長期なのでどうにも甘い香りに惹かれてしまう。

早速指で摘み、口へ運ぶと、茘枝の甘く芳しい味が口の中に広がる。思わず笑顔になってしまう甘さだ。

「はぁ、甘い……」

次に食べたのは桃。硬さはあるけれどこちらも甘い。その次は山竹。わずかな酸味は強い甘さで気にならず、口の中でとろけていく。まだ寒々しい季節だというのに、一体どこにこんな甘い果物が実っているのだろうか。

「そなたは幸せそうに食べるのだな」

「そ、そうですか？」

私は食べる手を止めた。雨了はまじまじとこちらを見つめている。

「食べますか？」

あまり熱心に見てくるので、雨了も食べたくなったのかと思って聞くと、頷いて口をパカッと開いた。

「うむ。では食べさせてくれ、莉珠」

「えっ……⁉」

困惑したものの、自分で食べろと突き放すわけにもいかない。むしろ普段の食事から食べさせてもらっている可能性さえある。

「わ、分かりました」

茘枝（れいし）を摘（つま）み、雨了の口元に運ぶ。

唇に触れるか触れないか、という距離で、パクリと食いつかれた。私の指ごと。

「ひゃあっ！」

「うむ、甘いな」

そのままペロッと指を舐められ、私は慌てて手を払った。

「ななな何をっ！」

「そなたが美味そうな匂いをさせるものだから、つい」

つい、ではない。そう言いたいが、さすがに言えなかった。私は真っ赤な顔をしたまま雨了を睨んだ。

「もう！」

叩く真似をすると雨了は笑いながら仰け反（のぞ）った。

「ところで先程の儀式のことだが、そなた、何を見たのだ。何やら様子がおかしかったが」

果物を食べ終え落ち着いた頃、雨了は真面目な顔をして言った。

「鼠がいたのでは、と報告にあったが、誰も鼠の姿は見ていない。何かが走っていた、とだけ。少しばかり不可解なのだ。龍圭殿（りゅうけいでん）は古い建物ゆえ、鼠がいてもおかしくはないのだが、それにしては鼠被害など近年の報告にはなくてな。不思議なことよ」

「雨了は見なかったの？」

「うむ、俺はそなたのことだけを見ていたからな」

照れもせずに言い切る雨了に、むしろこちらが恥ずかしくなる。

あの妖は全て同じ場所から消えていった。あの場所、もしくはその床下に原因があるとしたら。

「あ、あの……少し気になることがあるのですが……」

私は決心をして、先程の妖とそれらが消えた場所について雨了に述べた。

「ふむ、同じ場所から消えていったと。しかも穴のない場所から。なるほど、では衛士に床下を確認させよう」

「し、信じてくれるの……？」

正直なところ荒唐無稽過ぎて、笑い飛ばされて終わるとばかり思っていた私は目を丸くして雨了を見上げた。

「ああ。我が愛妃の言うことを信用せぬはずないだろう。それに、ここはそういう不可思議なことがたびたび起こると言うしな。人だけでなく、その情念も閉じ込められる……それこそが後宮よ」

雨了が真顔で静かに言う。私は少しだけ怖くなってごくっと唾を呑み込んだ。

「俺も童の時分に宦官からよく脅されたものだぞ。白髭の老人の霊が出るだとか、かつての皇帝に斬り殺された妃の霊が出る、などとな。今思えば危険な場所に近付かぬよう、釘を刺されたのだと思うがな」

雨了は悪戯っぽく笑う。

けれど信じると言ってくれたことが、今の私には嬉しかった。

――後日、龍圭殿の床下、ちょうど私が指摘したその場所から、十年前に失踪した衛士の白骨遺体が見つかったと報告があった。

不思議なことに、その遺体は白い石のようなものを抱えていたのだという――

◆◆◆

気が付けば寒さの残る早春から、暖かい本格的な春を迎えていた。

後宮では至るところで季節の花が芳しく咲き誇っている。特に私のいる宮殿の周囲はさながら桃源郷のようで、まさに薫春殿という名前にふさわしい。

だと言うのに、皇帝の御渡りがない宮殿内は閑散としていた。

私が後宮に入ってから、もう一月以上も雨了の訪れがない。

正しく言えば、一度も訪れはなく、表立った音沙汰すらない。

宮女達は最初は驚くほどたくさんいたが、皇帝が一度も足を運ばない私を早々に見限ったのだろう。いや、来てすぐに白骨死体を見つけてしまったせいで気味悪がったのかもしれない。

どちらにせよ体調不良だなんだのと言い訳をして、かなりの人数がこの薫春殿を去っていった。教育係だった宦官の梅応も消え、私付きになったのはあのぼんやりな楊益だ。

正直なところ、まあそんなものか、というのが感想だった。人生の最高潮が妃になったあの瞬間であるのなら、後は落ちるのが道理。むしろ衣食住には困らないし、気楽な後宮生活とも言えるだろう。だというのに、不意に心が空虚になってしまうのを私は止められなかった。

——私は雨了から『見つけた』と言われてここに来た。だが、それは間違いだったのだろうか。じゃあ、一体何のために私はここにいるのだろう。

唇を押さえてそっと溜息を吐いた。雨了はあの時、私に不意打ちで口付けまでしてきたというのに。

（薄情者……）

私は顔すら見せない雨了にどうしても苛々を募らせてしまうのだった。

それでも、この後宮生活も良いことが決してないわけではない。

食事が劇的に改善されたことで私の伸び悩んでいた身長が少し伸び、ガリガリだった体にも前よりは肉が付いた。

雨了が今の私を見たらなんと言うだろうか。なんて、また雨了のことを考えてしまう。

それに、ろくもちょっと大きくなった気がする。どうやらまだ子猫だったらしい。だが今も甘えん坊のままだ。無防備に腹を見せ、ころころと転がりながら、じゅうじゅうと鳴く。今のところ宮女達から、不可思議な鳴き声についても六本足についても言及されたことはない。常人にはごく普通の黒猫にしか見えないのだろう。

妖（あやかし）は相変わらず見えるので、もうすっかり慣れてしまった。体質のようなものだとすればどうしようもない。

外では道行く宮女に黒い靄が張り付いていたり、ころころと何か黒い物が転がっていくのを目撃する。室内はろくの縄張りなのか、外にいる妖は滅多なことでは入って来ない。

それでも、宮女試験で見た首吊り男のように普通の人間の外見をしていたり、動物の形をしていたりすると本物か妖かの判別が遅れてしまう。誰もいないところへ話しかけていた、などとおかしな噂を立てられるのはごめんである。宮女が少なければその分だけ変な行動を見咎められにくいという利点はあった。

◆◆◆

「朱妃、茘枝が届いているようですよ」

ろくを紐でからかって遊んでいる私にそう声をかけてきたのは、宮女の汪蘭だった。

嫋やかで優美な彼女は、拘りがあるのか流行りの装いをせず、少し古風な髪型をしている。派手でうるさく纏わりついてくる、家柄だけがご自慢の宮女達とは違い、穏やかで控えめなところに好感が持てた。

汪蘭の言った通り、別の宮女が甘い茘枝を鉢にどっさりと持ってくる。茘枝は暖かい地方でしか採れない貴重な果物だが、後宮ではそんな珍しい食べ物だってふんだんに食べられる。

「今日も随分な量ね」

剥いてもらって食べる茘枝は瑞々しくて美味しい。しかし、こうも量が多いとさすがに食べきれない。宮女達に勧めてもまだ余る。

(またあそこに行こうかな)

私はそう思い立ち、汪蘭に声をかけた。

「少し散歩がしたいから、供をしてもらえる?」

「はい、かしこまりました」

汪蘭はこくりと頷き、心得た様子で茘枝の盛られた鉢を手にした。

「ろく、おいで」

私が呼ぶと六本足の猫、ろくは首に付けた鈴をちりちりと鳴らしてやってくる。

大人しく抱き上げられ、私の腕の中でじゅうと鳴いた。この猫の妖は案外散歩が好きなのだ。

後宮は高い壁でぐるりと囲まれ、妃嬪や宮女は簡単には外へ出られないが、薫春殿の周囲くらいは自由に散歩をしても良いようだった。妃という立場のおかげか、大きな決まりさえ守っていれば、それほど咎められることはない。

壁で囲まれているとはいっても内部は街みたいに広く、幾つもの立派な建物が点在している。

後宮の真ん中には南北に大きな通りがあり、宦官や宮女が行き交っている。通りの左右は高い塀が聳えていて、内側には妃嬪や宮女の住まう建物が立ち並んでいるのだった。端の方は迷路のように入り組み、整備の行き届いていない古い建物も多く、崩れる危険もあるそうなので私は近場にしか行ったことがない。

薫春殿から出て大通りへと差し掛かったが、私はあまりこの辺りは好きではない。足早に通り過ぎようと思ったところで、折悪く見覚えのある宮女達と行き合う。彼女達は道を譲り、頭を下げていた。

最初は私にうんざりするほど纏わりついていたのに、皇帝の覚え悪しと見た途端、手のひらを返して去っていった宮女達だ。今は別の、家柄の良い妃嬪のところに身を寄せていると風の噂で聞いていた。

私が通り過ぎると、宮女達はひそひそとこれ見よがしに話し出す。

「まあ、本当に変わってること」

「紛い物の愛妃なのでしょう。だからまともな供の一人も付けられないのよ」

「それに死体を見つけたのですってね。怖いわぁ」

後宮というのは、外から見た煌びやかさ以上に、陰湿でドロドロしている。ああやってわざと聞こえるように陰口を叩くのはよくあることだった。

かつて宦官の楊益が、私のことを芯があるから宮女に向いていると言っていたのを思い出す。芯があるかはピンとこないが、それなりに負けん気は強い方なのだろう。確かに気弱な女性では、あんな風に陰口を叩かれたら気持ちが挫けてしまうかもしれない。

私は義母で慣れていたが、それでもわざわざ陰口なんて聞きたくない。

だが気にした素振りを見せるのは負けたようで更に悔しい。なので、全く気にしてません、相手にもしてませんという顔でさっさと通り過ぎた。

しかし汪蘭はそうもいかないのか、困った表情で眉を下げてどことなくしょんぼりしながらついてくる。

「私に側付きとしての力がないために、あのような。……朱妃、貴方は間違いなく陛下が見出された愛妃です。気になさらないでください」

「別に、あれくらいよくあることだもの。それより、愛妃ってたびたび聞くけど、なんなのかしら」

私は歩きつつ汪蘭に尋ねた。道を曲がって、人通りのない方へ来ていたので、もう遠慮なく話をすることが出来る。

「愛妃って、普通に考えたら皇帝から愛されている妃のことよね。愛妻、みたいな感じで。でもそれ以外にも意味があるのかしら」

「ええ。概(おおむ)ねその通りではあるのですが……代々皇帝になられるお方は、ある日突然この者を妃にする、とどこからか女性を連れ帰られることがしばしばあるそうなのです。そして、その方ただ一人と添い遂げ、他の妃には目もくれない皇帝も少なくないと」

「へえ」

「ですから朱妃が入宮された際にも、周囲は驚きはしたでしょうが、戸惑いはなかったのではありませんか」

「確かに、そうだったかもしれないわね」

　思い返せばあれよあれよと言う間に、私は後宮に入り、教育係や住まう場所も早々に用意されていた。あれは前例があることだったからなのだろう。

「陛下のお父上、十四代の皇帝も愛妃をお迎えになるまで後宮に御渡りになることはありませんでした」

「じゃあなんで後宮があるの？」

「それは、その代の皇帝が必ずしも愛妃を連れ帰るとは限らないからではないでしょうか。確か十三代皇帝には愛妃はおられず、後宮の妃嬪（ひひん）との間にたくさんの御子（みこ）がいらっしゃいました」

　十三代ということは、雨了の祖父に当たるはずだ。ちなみにお父さんが十四代で、雨了が若すぎて即位出来ない間だけ十五代として即位したのがお母さん。なお今は雨了に譲位して太上皇となり、後宮から門を隔（へだ）てた離宮住まいと聞いている。

「大体、陛下は今いる妃嬪の方々へも一度も御渡りでないはずです。だというのに、朱妃だけをあのように……」

どうやら雨了はあまり後宮に興味を示す手合ではないようだ。であれば尚のこと、愛妃として迎えられた私への周囲の期待は大きかったはず。

だというのにその愛妃になった私のもとにも雨了は来ない。それはさぞかし宮女達も肩透かしを喰らったことだろう。

まあ、私のように平凡な小娘では仕方がない。私自身にだって、愛妃という実感などないのだから。

「教えてくれてありがとう。じゃあ汪蘭は少しここで待っていてくれる？」

「はい、承知致しました」

汪蘭は頷いて足を止めた。

「ろくも待っていてね」

ろくはとてもお利口さんなので、ちゃんと私の意を汲んで腕からピョンと飛び降りると、その場に腰を下ろして、てちてちと体を舐め始める。

私は汪蘭に持たせていた茘枝の盛られた鉢を受け取り、小道を曲がった。

そこにはもう使われていない古井戸のある広場がある。

井戸の前には妖（あやかし）の女が立っていた。首がなく、斬られた己の頭を胸に抱えている。着物からすると随分古い時代の宮女のようだ。

首無しという恐ろしげな外見に最初はかなり驚いたものだが、外で食べようとたまたま手に持っていた茘枝（れいし）をあまりに物欲しそうにするものだからお裾分けしたところ、胸に抱えた方の顔がニッコニコの良い笑顔になったのだ。

それでなんとなく、怖い妖（あやかし）ではなさそうだと、こうして時折余った茘枝（れいし）をお裾分けしている。

今日も茘枝（れいし）の盛られた鉢を井戸の脇に置くと、にこっと微笑んでくれた。首を斬られているせいか、彼女は話すことは出来ない。けれどかなり表情も豊かで、なんだか可愛げのある女性だ。身振り手振りで意思を示すこともある。

大体首を切られているのだから、果物だって食べられないのではないかと思うのだが、目を離すと鉢の中の茘枝（れいし）だけ綺麗になくなっているから不思議である。

「円茘（えんれい）、今日はどう？」

円茘とは私が彼女に付けた名前だった。呼び名がなくては不便だろうと、丸井戸から円、茘枝が好きなので茘、と安直な名付けである。

円茘は胸に抱えた首で井戸を覗き込み、ちょいちょいと中を指差して見せた。

どうやら今日は繋がる日のようだ。

私は井戸の側に寄り、光の届かない暗い水面を覗き込み、声を張り上げた。

「雨了、雨了ってば。聞こえる？　ねえ！」

しばらく呼びかけると、水面が青く光り始める。

「――莉珠か。ああ、聞こえておる」

井戸の底から聞こえたのは、私を後宮に連れてきたくせに一度も渡ってこない薄情な皇帝、雨了の声であった。

私にはどんな原理かも分からない。けれど、この古井戸はごく稀に雨了の持つ宝鏡に繋がることがあるのだ。

それを知ったきっかけは、ただの偶然である。

円茘が身振りでこの井戸を覗いてみろと何度もやるので、何かあるのかと好奇心で覗いたところ、まさかの雨了に繋がったのだ。

私の方は心底驚いたのだが、雨了は「まあそういうこともあろう」とあっさりした反応だったので、この後宮で不思議なことは本当に珍しくないらしい。

実際、後宮には妖の数が多い気がするのだ。黒い靄もあちこちに転がっているし、円茘やろくのように分かりやすい違いがなくて気付いていない妖だっているかもしれない。しれっと生きている人間にまじって働いていたら、私には見分けがつかないだろう。

「莉珠、遅いぞ。まったくどれだけ待たせるのだ。仮にも皇帝だぞ」

井戸の底から拗ねたような声がする。

「仮じゃなくて本物のくせに。それに、そんなこと言ったって、毎日繋がるとは限らないんだから仕方ないでしょ！　雨了こそ、私のことをずっと放っておいてるくせに！」

「たわけが。色狂いでもあるまいに、毎日後宮なんぞ行けるか。大体俺には政務があるのだ！」

「それは分かってる。でも私、もう周囲に皇帝から見捨てられたって扱いになってるんですけど」

「ぐ……」

こうして雨了と井戸越しの会話をするようになって、随分と打ち解けたと思う。はっきり言って、いくら愛妃であっても皇帝を相手にこんな喧嘩腰の口調で許されるわけはないのだが、雨了はそれを許してくれる。というか、むしろ妃らしく淑やかな口調で話すと気持ち悪いとまで言われる始末。

私の方も、あの綺麗過ぎる顔が目の前にない方が話しやすい。あの顔は見ているだけで、いや見られていると思うだけで緊張してしまうのだ。

そのせいか、目の前にいない方が互いに本音で話せている気がする。どちらも喧嘩腰ではあったたが。

「忙しいのは分かります。無理して具合でも悪くされるよりは来ない方が良いし。でも、毎日宮女にヒソヒソやられるこっちの身にもなってほしいんですよね」

「……まさか宮女に蔑ろにされておるのか」

「身の回りの世話をしてくれる子は素直な良い子ばかりですけどね。今日だってここに来るまでにこれ見よがしに陰口を叩かれて」

「……その者らの名前は分かるか」

「さあ、知りませんよ。別に向こうもヒソヒソやることしか出来ませんから、放っておいたら良いんじゃないですか」

「だが……いや、分かった、茘枝をもっとたくさん送らせよう」

「はぁ⁉　何を言ってるんですか！　今でも多すぎですってば。あれ、遠方からわざわざ取り寄せて後宮まで運ばせているのでしょう？　もうそんなにいらないです。食べきれません」

茘枝と聞いてウキウキした顔で近付いていた円茘が、がっかりした顔でじいっと見つめるが、ダメなものはダメである。そんな捨て犬みたいな目をしてもダメです。というか雨了がわざわざ茘枝を大量に送りつけていたらしい。

私ははあ、と溜息を吐く。

「大体なんで茘枝なんですか」

「……そなたが茘枝を喜んで食べていたからだ。それにだな、かつて茘枝が好物の妃のために希少な茘枝を毎日贈り続け、その寵愛を示した皇帝がいたのだ。つまり、俺から目をかけられている証になるかと思い……」

「孫の好物を毎日買ってくる爺さんですか貴方は！　まったくもう……その気持ちは

ありがとうございます。ただ、多分お金も手間も私じゃ想像もつかないくらい掛かってると思いますから、毎日でなくて良いです」

「そうか。そなたは他に食べたいものはないのか。桃か、山竹か。それとも菓子の方が良いか？」

「なんで食べ物ばかりなんですか。いや、食べるのは好きです。着物とか宝玉をもらうより良さが分かるし。でも、そんなに食べたら太っちゃうじゃない！」

「なにを。そなたのような鶏ガラではまだまだ大丈夫だろうが」

本当に失礼なことを言う男である。いくら美味しくても、まだ痩せているからといって油断していたら一気に不健康になるのだ。大体後宮にいると運動不足だし。

「さすがにもう鶏ガラじゃないわよ！　身長も結構伸びたんだから。雨了だって私のことを見たら……きっと驚くんだから」

それでも素直になれない私は「だから会いに来てほしい」の一言が言えない。遠回しに告げるだけだ。本当は雨了に会いたいのだと言いたいくせに、緊張せずに話せるせっかくの機会に私は怒ってばかり。

「まあ、それでも陰口を叩かれるような平凡顔ですからね。雨了が来てくれても、ヒソヒソやられるのは多分変わらないんじゃないですか。もう少し私が美人とか可愛い顔をしていたら、周囲だって納得したんでしょうけど」

平凡な顔であるのは仕方がない。姉のような美しさも無い物ねだりだ。それにそもそも雨了こそ類稀(たぐいまれ)なる美丈夫なので、引け目を感じなくなることなんてないかもしれない。

私が愛妃と呼ばれて納得していないのは他でもない、私自身なのだ。

ふう、と溜息を吐いていたら、皇帝はなにやらモゴモゴと話し始める。普段は声が大きくてうるさいのだが、井戸越しに話すのは勝手が違うのかもしれない。

「そなたは……その……」

「え？」

その瞬間、風がざあっと吹き、その音で雨了の声が掻き消された。

「なんですか？　すみませんもう一回――」

「だっ、誰が言うか！　そなたは耳の掃除でもしていろ！」

その言い草にカチンときて、反射的に言い返す。

「はあ!?　こっちは外だし井戸に反響して聞こえにくいんだってば！」

「なんでもないと言っているだろうが！」

「あっそうですか！」

しかしその間にも段々と聞き取れなくなっていく。さらさらと水の流れる音と共に、井戸の中の青い光がゆらりと弱まる。会話が出来るのはこの光が消えるまでの僅かな間だけなのだ。

その大切な時間にまた言い合いをしてしまった。自分の駄目さ加減には溜息しかない。

「雨了……もう時間みたい。じゃあ、また繋がった時に会いにくるから」

「……ああ」

果たしてこれは会っていると言えるのか私にもよく分からないけど、それでも雨了の声が聞けるとなんだか嬉しい。ほんの僅かしか会話したことがなく、そもそもの出会いの印象は最悪だった。それからも、ひたすらからかわれた記憶しかないのに。

最後に何か言わなきゃ、と思ったが言葉にならず、消えていく青い光を見つめていた。

「――莉珠、近い内に会いにいく。待っていろ」

井戸の底の青い光が消える瞬間、そう雨了の声がして私は目を大きく見開いた。

私は思わず井戸のへりに飛び付いて大声を張り上げる。

「分かった！　待ってる――待ってるよ！」

会いたい。最後に呟いた言葉は、多分、雨了には聞こえなかっただろう。

「はあ……もう終わりかぁ。円茘、ありがとう」

私が井戸の前から離れると、円茘が定位置の井戸の前へ戻った。彼女はニコッと人好きする笑みを浮かべている。

「茘枝は、次はあるか分からないから、別の果物になるかも」

私の言葉に、円茘は胸元に抱えた己の首を縦に動かした。うん、という意味らしい。

「それじゃ、この辺りの薬草を少し貰っていくね」

再度、縦に首が動く。

私は井戸と雨了の宝鏡が繋がっていることは内緒にしている。汪蘭にもだ。死体を発見しただけでなく、怪しげな術を使う妖妃だなんて噂が流れたら、薫春殿が無人になりかねない。

だから、一人になって薬草を摘みながらちょっと考え事をしていると誤魔化しているのだった。そのため、会話を終えた後は怪しまれないように実際に薬草を摘んでいた。

古井戸の辺りには見覚えのある何種類かの薬草が生えていた。祖父の形見の薬学の本は焼かれてしまったが、簡単で覚えやすい薬の作り方は暗記していたので、こうして摘んだ薬草で薬を作るようにしているのだ。

私は基本的に健康なので薬要らずだが、ろくと遊ぶか、こうして散歩に出るくらいしかやることがない。なので薬を作るのは良い暇つぶしになる。薫春殿の宮女に欲しがる者がいればあげていた。結構、胃薬なんかが喜ばれる。きっと顧みられない愛妃付きの宮女として気苦労も多いのだろう。ほんの少しだけ申し訳ない。

「よし、こんなものかな」

茘枝を入れていた鉢に薬草を入れて、ふうと息を吐く。

私は円茘に手を振り、薬草を持って汪蘭とろくの待つ場所へ戻るのだった。

「お待たせ。戻りましょう。ろくもおいで」

「では、そちらをお持ちしますね」

薬草は汪蘭が持ち、私はろくを抱き上げて薫春殿へと引き返す。帰りはひそひそと陰口を叩かれることもなく、無事に薫春殿近くまで戻ってきた。

すると道の端に、一人の宮女が蹲み込んでいた。顔に見覚えがないから、薫春殿付きの宮女ではない。その顔色は真っ青で、震えながら脂汗を流している。

具合が悪そうな彼女に駆け寄ろうとして、私は足を止めた。

宮女の肩に大きな黒い靄が張り付いているのが見えたのだ。

黒い靄はざわりざわりと生き物のように蠢いていて、見ているだけで嫌な汗が背中を伝う。以前宮女試験の際に、背中に赤子の形をした黒いものを張り付けた娘がいたが、それを何倍にも増幅させた感があり、とにかく触れてはいけない気がする。

「朱妃、人を呼んだ方がよろしいかと」

「え、ええ――」

私が汪蘭を振り返ろうとした瞬間、私の腕の中に収まっていたろくがぶわりと毛を逆立たせて立ち上がった。足六本分の爪が腕に食い込む。

「いたっ！」

「じゅうっ！」

毛足の長いろくは毛を逆立てると膨れ上がり大きく見える。そのまま身を低くし、尻尾まで箒のように膨らませると、私を飛び板代わりにして、蹲る宮女へ一直線に飛びかかった。

「じゅうううっ！」

「ろく！」

ろくは結構な距離を跳躍で一気に詰めて、宮女の背中に張り付いていた黒い靄へと躍りかかる。

まるで鼠でも仕留めるかのごとく、ろくは黒い靄に噛り付き、バリッと宮女から引き剝がした。

「きゃっ⁉」

「わっ、大丈夫ですか⁉　ろく、なんてことしてるの！」

ろくの着地点は蹲る宮女の上。ろくの勢いに負け、そのまま倒れた女性に駆け寄って助け起こした。

「一体、何が……猫……？」

「あ、あれは私の飼い猫です。具合が悪いのに飛びかかっちゃってごめんなさい。む、虫に夢中になってしまったみたいで」

「いえ……驚きましたが。それより、なんだか気持ちが悪くて……あら……治ってる、みたい」

宮女はキョトンとして、己の胸元を見下ろしている。顔色も先ほどより良くなりつつあるようだった。

ろくを見ると、得意そうに己が狩った黒い靄を見せびらかしてくる。何故、猫は見せなくて良いのに獲物を見せてくるのか。黒い靄はまだぴくぴくと痙攣するように蠢いていたが、その内に動きを止めた。私は声に出さず、うへぇ、と唇を歪ませる。

しかし、あの黒い靄に張り付かれると具合が悪くなるのだろうか。だとすればそれを狩ってしまったろくはとても偉い。可愛い上に偉いとは素晴らしい。でも獲物を見せびらかすのと、獲物を枕元に置いておくのは、出来ればやめていただきたい。

この騒ぎに気が付いたのか、薫春殿から宮女が顔を覗かせ、飛び出してくる。

汪蘭は黒い靄が見えないからか、一体何が起こったのか分からない様子でおろおろしていた。具合の悪い人にろくが突然飛びかかったようにしか見えなかっただろう。

「すぐそこが薫春殿なので、少し休んでいった方が良いですよ。立てますか。手を貸しますから――」

「あ、ありがとうございます。……あ、貴方は朱妃でいらっしゃいますか。も、申し訳ありません！」

恐縮して身を縮こませる宮女に笑いかける。

「具合が悪いのに、そんなこと気にしないで。私、並の宮女よりうんと力があるから、あの子たちが支えるより安心よ」

私は困った顔で立ち尽くす汪蘭や、薫春殿から出てきた宮女の細腕を見た。あのようなほっそりと嫋やかな腕では、具合の悪い人を支えるのは難しいだろう。一方、私は力だけはあるので、今支えている彼女くらい細身であれば持ち上げることだって出来そうだ。

それに具合が悪い時に、身分がどうこうは些細なこと。支えの宮女ごと倒れてしまったら大惨事である。

「医師をお呼びしましょうか」

「あ、あの、それほどではないので……なんだか気持ち悪いのも治ったようだし、もしご迷惑でなければ、少し休ませていただけると……」

「ええ。水分を取られた方が良いかもしれませんね。私が支えるから、貴方たちは休ませる場所と飲み物やなんかを用意して」

「は、はい！」

汪蘭と他の宮女達はパタパタと足音を立てて薫春殿へ戻っていく。

「そうだ、一応胃薬も飲みます？　よく効くと評判のがありますから」

「あの、ありがとうございます」

「いいえ、困った時はお互い様ですよ」

私は彼女を薫春殿に運び込み、少しの間休ませた。どうやら、突然気持ちが悪くなり、歩くのもままならないほどだったらしい。

だが黒い靄をろくが狩り、剥ぎ取ったおかげかすぐに回復し、自力で歩けるようになると帰っていった。一応薫春殿の宮女に送らせたが、どうして具合が悪くなったか本人も分からないほどにすっかり良くなった様子だったと言う。

「すみません……私、何のお役にも立てませんでした」

「汪蘭のせいじゃないんだから、気にしないで」

汪蘭は頬に手を当て、しょんぼりとしていたけれど、あの黒い靄が見えなければどうしようもないし、そもそも私だってろくがあの黒い靄を狩ってくれなければ、宮女に触れることもままならなかった。

どちらにせよ、あの宮女はすぐに回復したし問題はない。

それより、ろくである。

ろくは一体何者なのか。六本足だし、変な鳴き声だし、妖ではあるのだろう。でも、こうして私の周囲を守るように他の妖を狩ってくれる。そもそも、朱家を出る時に足に触れたふわふわしたものがろくだったのであれば、家からついてきたことになるし、謎の存在なのだ。

今日の妖はここしばらくで見たものの中で一番大きかったが、ろくはそれより強いらしい。それ以上は分からないものの、ろくがとても強くて偉くて可愛いということは真実だ。

「ろく、お手柄だったね」

私は可愛いろくをもしゃもしゃと撫でまくった。ろくはたくさん撫でられてご満悦の様子で喉を鳴らしている。

妖の猫でも喉は鳴るようだ。

第四章

そんなことがあってから数日経った。

相変わらず雨了からは食べ物が届く。

今度は荔枝だけではなく、様々な果物や菓子が日替わりで届くようになった。どれも美味しいがやはり太ってしまいそうだ。

井戸にも何度か行ってみたものの、あれから繋がることはなく、円茘も切られた首を横に振るばかり。今回の差し入れは荔枝ではなく棗の甘煮だったけれど、そちらも嫌いではないようで喜んでいた。

そうしていつもの散歩から戻った私に、宮女が言伝を持ってきた。

「青妃が朱妃を青薔宮にお招きしたいとのことです」

「青妃……？　なんでまた」

「はい。数日前に朱妃がお助けした宮女は青妃付きの宮女だったそうで、是非ともそのお礼がしたいと」

「ああ、あの宮女ね。他の妃と交流して大丈夫なのかしら」

「勿論ですとも。他の妃嬪の方々も個人的に交流をなさっているはずですよ。とはいえ仲の悪い方々もいらっしゃるでしょうが……」

「そうよねえ……」

私もあのヒソヒソと陰口を叩いてくる宮女の主人とは出来るだけ仲良くしたくはない。青妃がそういう人柄でないことを祈るしかなかった。

そうして青薔宮に招待された訳なのだが、今回はお礼として正式な招待であり、断るのは失礼だろう、とのことだったので素直に赴くことにした。

今回の随伴は汪蘭に固辞されてしまったため、若い宮女を二人伴う。

私よりやや年上のしっかり者の宮女が金苑、私とそう歳の変わらない大人しそうな方が恩永玉である。

「青薔宮ですか……初めてですから、少し緊張しますね」

恩永玉はおどおどと言う。大人しそうな彼女には少し荷が重いのかもしれないが、丁寧で細やかな仕事をしてくれて信用出来る宮女の一人である。

「私は先日、件の宮女を青薔宮までお送りしましたが、さすがに立派な宮でありましたよ。宮女の人数も薫春殿の三倍はいるのではないでしょうか。また、どの宮女も統制が取れており、大変優れているようです」

そう言ったのは金苑の方だった。しっかりした彼女は何事もそつなくこなす。薫春殿の宮女の数が少なくとも何の問題もないのは、彼女の采配のおかげなのかもしれない。

「青妃は皇帝陛下の従姉妹にあたる方ですから、その待遇も当然でございましょう」

「へえ、そうなの。それはさぞかし美人なんでしょうね」

入宮の儀では遠目に見ただけな上、妖騒ぎで妃嬪の顔も覚えていなかった。

「同い年の従姉妹とのことです。少々お体が弱いそうですが、才気に溢れ、その麗しさと宮殿の名前から青薔薇の方と呼ばれることもあるそうです」

私が金苑を気に入っているのも、こうして所見を尋ねた時、私を立てるために他を下げたりせず、己が知ることを客観的に述べるところが好ましいからである。

青薔宮に到着し、輿から降りると金苑の言う通り、立派な宮殿であった。

薫春殿はどちらかと言えばこぢんまりとしており、周囲に木々が多く、実に住み心地が良いのだが、青薔宮はただ大きいだけではなく歴史と風格も感じられる雅な建物だ。室内も磨き抜かれ、調度、装飾に至るまで乱れなく整えられていた。

巨大な獣の毛皮や角、かと思えば青磁の器や壺、宝玉に龍像、どれ一つ取っても家宝になりそうな立派な品だ。

「ようこそ、朱妃。我が青薔宮へ」

そんな華やかな青薔宮の奥に案内された私は、鈴を転がしたような甘やかな声に出迎えられた。

その声の主——青妃に私は思わず見惚れてしまう。

聞いていた話によると青妃は雨了と同い年。私より年上のはずだ。雨了の従姉妹ならさぞかし匂い立つような美女なのだろうと想像していた。しかし美しいことは美しいのだが、想像と異なり、とても愛らしい姿をしていたのだ。

華奢な体付きに細い首、小さな顔。前情報がなければ私と同じ十六歳くらいかと思いそうなほど可憐な少女である。

人形めいて整った顔立ちはまだあどけなく、白桃のような柔らかい線を描く頬や、瞬きをすれば音がしそうなほど長い睫毛や大きく潤んだ目も愛らしい。そしてその瞳の色はその名の通り、青。

「……どうかしまして？」

青妃が表情には出さず、ただ小首を傾げただけで、私はハッと我に返った。

「失礼いたしました。お初にお目にかかります。薫春殿の朱莉珠と申します」

「ええ、陛下の愛妃であると伺っております。ですがこれは公務ではなく、個人的にお会いしているだけ。それもこちらがお礼をしたくてお越しいただいたのですから。どうかあまり緊張せず、楽しくお話し出来たら嬉しく思います」

「あ、ありがとうございます」

私はペコリと頭を下げながらも、そっと観察を続けていた。

私はお初にお目にかかると言ったが、実のところ、彼女の顔には見覚えがあったのだ。

——十年前、足に怪我をしていた妖の少女。

成長してもその面影を確かに残している。大きな青い目もそのままだ。鱗がある
かもしれない首筋は、着物で隠されて見えなかった。
彼女はただの妃ではない。雨了の従姉妹であり、つまりは王族で、その出自も誤魔
化しようがない。だから妖であるはずもないのだが。
「先日はわたくしのところの宮女を助けてくださって、ありがとうございました」
「い、いいえ、たまたま薫春殿の前にいたものですから。それに少し休ませただけで
すし。その後、彼女は……」
「ええ。それが、どうして具合が悪くなったか分からないと本人も申すほど回復して
おります。後ほどご挨拶させてもよろしいでしょうか」
「勿論です」
「その際、薬まで頂いたと。薫春殿には薬学の知識を有する宮女がいらっしゃるの
かしら」
「ああ、それは私が作ったものです。祖父が薬を作っていたもので、見様見真似では
ありますが……血止めの傷薬や痛み止めなども作れます。決しておかしな成分は入っ
ておりません」

青妃は「まあ」と感嘆の声を上げて白魚のような両手を合わせた。

十年前に怪我を治療した際の言葉を混ぜてみたのだが、別人なのか、覚えていないのか、特に反応はなかった。しかし他人の空似にしても、希有な青い瞳までそっくりだなんて、そんなことありえるのだろうか。

「朱妃は素晴らしい才能をお持ちの方なのですね。もっと早くにお話ししたかったのですけれど、後宮に慣れるまでと思ってしばらく遠慮しておりましたの。こうしてお会い出来たのもご縁ですから、どうぞ仲良くしてくださいましね」

「え、ええ。こちらこそ」

「朱妃、わたくしたち、きっと仲良くなれるのではないかしら。ゆっくりお話ししたいわ。出来れば二人きりで、ね……」

そうしましょう、と彼女は可憐に微笑み、嫋やかな手をパチリと鳴らした。それだけで青妃付きの宮女は部屋を下がっていく。それだけならばまだしも、私が連れてきた金苑と恩永玉まで青妃の宮女達に囲まれて一緒に連れていかれてしまう。

「しゅ、朱妃……！」

「金苑！　恩永玉！　彼女達に何を……」

青妃はあどけない唇に無垢な微笑みを浮かべている。

「大丈夫。彼女達もしっかりおもてなしさせていただくわ。別室でゆっくりと、ね。ただ、宮女にも聞かせたくない話があるだけ。だって、朱妃……貴方良い香りがするのだもの」

「香り……？」

不可解な言葉に眉根を寄せる。

「そうよ。さすが雨了の愛妃なだけあること。とても可愛らしいし……わたくし、貴方と仲良くなりたいのは本当よ」

青妃は雨了のことを陛下ではなく、確かに雨了と読んだ。その名前はごく僅かな人しか呼ばないはずだ。

衝撃が顔に出ていたのか、青妃はくすくすと可笑しそうに笑う。

「ああ、勘違いしないで頂戴。知っての通り、わたくしと雨了は従兄妹であるけれど、共に育った兄妹のようなものなの。妃とは名ばかりなのは貴方ではなく、このわたくしの方なのだから」

「え……？」

「この後宮に、妃嬪は少なくない人数がいるわ。でも、わたくしを含め彼女達は外に出せない事情がある者ばかり。決して雨了の伴侶たる存在ではないのよ。この後宮に、本物の妃はたった一人だけ。それが貴方なのだから——朱妃」

無垢にも見える微笑みをたたえたまま、そう言う彼女の意図が分からず、私は唇を真一文字に結んだ。

「雨了から説明させた方が早いでしょうけどね。けれど雨了は皇帝になったばかり。なかなか朝廷から目を離すことが許されない。貴方も放っておかれてさぞかし寂しい思いをしたのでしょう？　だからわたくしが少しばかりお節介をしたいと思っているの」

彼女は微笑みを消すことなく、そう告げたのだった。

青妃の言葉がどこまで信用に値するのか、私にはまだ分からない。

けれど突っぱねても、素直に帰してくれるわけではなさそうだった。

青妃は下がらせたばかりの宮女を再度呼び付け、お茶の支度をさせた。甘い菓子や果物が卓上に広がる。私が日々雨了から送られている品々に引けを取らない量だ。

「ねえ、座って頂戴。お話ししましょう？」

私は胡散臭さを感じながらも腹を括って席に着いた。

卓を挟んで睨んでもどこ吹く風とばかりに受け流され、逆ににっこりと微笑まれてしまう始末。ふわふわしていて柳のように掴みどころがない。

「……お話とはどういった？」

「なんでも。貴方の聞きたいことに答えるわ。勿論、答えがない場合もあるでしょうけれど」

「そう――」

私は少し考える。

確かに青妃は雨了という真名も知っていたし、従姉妹なのだから、きっと私の知らない色々なことを知っているはずだ。

しかし、聞きたいことはたくさんあるのだが、こちらの質問に託けて逆に情報を取られる可能性もあると思うと下手な質問は出来ない。妖が見えることや、不思議な井戸、六本足の猫。きっとそれらは黙っておいた方が良いのだろう。

私は緊張しつつ、唇を軽く舐めてから口を開いた。

「――青妃、足の傷は残りませんでしたか」

「足の、傷……？」

「ええ、十年前の」

青妃の微笑みがスッと消える。青い瞳がこちらを静かに見つめていた。

「そう、貴方だったのね」

彼女はごく小さい声で、やっぱり、と呟く。

「――十年前の傷のことでしょう。ええ、お陰様で傷ひとつないわ」

青妃はそう言いながら裳(も)を持ち上げる。真っ白い足がちらりと見えたが、なんだか直視するのは躊躇(ためら)われて慌てて目を逸らした。

「そうね……では傷の原因を話してあげましょうか。十年より少し前のこと、十四代皇帝が亡くなられた。雨了のお父上ね。あの方は愛妃に出会われるのが遅かったから雨了はとても遅くに出来た子供だった。亡くなられたのは年齢のせいで、その死に不審はなかった」

「ああ、なんとなく、薄(うっす)らと覚えているような。じ――祖父や近所の人が着物に黒い布を巻いていました」

「その頃、貴方は幼かったはずだから、詳しいことは知らないでしょう。喪に服す期間が終わり、新たな皇帝を迎える必要があった。けれどその時、雨了はまだ子供だったの」

見た目でつい忘れがちであるが、青妃は私よりも年上で、しかも王族なのだから、その件に関する記憶は私よりも濃いはずだった。

「雨了が即位出来る年齢までの期間を埋めるため、誰が即位するかが問題だった。結局は、雨了の母であった当時の愛妃が代理の女帝として立ったの。偶然だけど王族に連(つら)なる家系出身だったからその権利もあったし。けれど、そこに至るまでとても醜い争いがあったわ」

私はそれに無言で頷いた。

ふと朱家を思い出す。義母は万が一にも私が朱家の財産を受け継がないよう、朱華は嫁に行くのではなく婿を取るのだと盛んに口にしていた。朱家程度でああなのだから、皇帝の地位を争って、さぞかし血なまぐさいことがあったのは想像に難くない。

「刺客が放たれて、乳母(うば)や姉のように慕っていた宮女が、わたくしと雨了を庇って死んだわ。わたくし達は怪我を負いつつも彼女達が稼いだ時間を使って逃げた。刺客に捕まらないよう、バラバラにね。恐ろしくて、痛くて、夜通し泣きながら震えていた。

雨了の母君が即位するまで、わたくしはずうっと逃げ回っていた」

青妃の目が、遠いところを見るようにすうっと細められる。

十年前、追われた青妃はあの川辺に逃げてきて、そうして幼い私と会ったのだろう。刺客に追われていた身だから、幼い私を誤魔化すために人魚だなどと嘘を言ったのだろうか。

だがそれは彼女の首筋に鱗があ（うろこ）る理由にはならない。私はその疑問に眉根を寄せた。

「そして、ここからが大切な話。雨了は十年前の記憶があまり残っていないようなの。死んだ宮女達のことは覚えているけれど、彼女達を目の前で失った前後の記憶が曖昧（あいまい）になってしまっている」

「記憶喪失ってことですか？　それは、何故……？」

「亡くした乳母（うば）や宮女は家族も同然で、本当に大切な存在だったから、かしら。雨了にとって心の支えだったのよ。雨了はね、心がボロボロになってしまったの……」

胸がちくりと痛む。大切なことを勝手に聞いたことへの罪悪感だ。

「今はあんなに大きくて、声もうるさくて、ドカドカ物音を立ててる粗暴男に見えるけれど、幼い頃はとても可愛くて女の子みたいで繊細で……そして失うことに慣れていなかった。まあ、あの強がりなところは昔からだけれど。――でも、当時、記憶だけじゃなく、龍の力も半分がた失って上手く制御が出来なくなってしまったの」

「龍の力……って、なんですか、それ？」

私がそう言うと、青妃は口の前に上品に手を当てた。

「あら、知らなかったの。初代皇帝は龍の化身だった、という伝説があるのよ。だからその血を引くわたくし達は大なり小なり龍の力が宿っていると言われているわ。特に雨了は先祖返りと言われるほど強かった。そう言ったら信じる？」

「……そんなこと、誰が――」

言いかけて開いた私の唇に、何かがむぎゅっと押し込まれる。

糸束のような感触のそれは口の中であっさり蕩けて、強い甘さを伝えてきた。

「――なぁんちゃって」

青妃が私の口に龍鬚糖を押し込んできたらしい。

龍鬚糖はその名の通り龍の髭に見立て、糸状にした飴を繭のように丸めた菓子だ。サクリと噛むと中にカリッとした感触と香ばしさがある。胡桃か何かが入っていたらしい。

青妃は悪戯っ子みたいな笑みを浮かべていた。

「ふふ、冗談よ。龍鬚糖を見てたら思いついちゃって。ああ、初代が龍の化身と言われているのは本当よ。——よくあるお伽話としてね」

青妃は白魚のようなほっそりとした指で龍鬚糖を千切り、己の口の中に放り込む。

「ん、美味しい。朱妃も食べて頂戴」

「……もう食べました」

「つれないのね、貴方。そんなに可愛らしいのに」

「青妃ほど綺麗な方に言われても惨めになるだけですから、お世辞はよしてください」

「まあ……貴方は自分に自信がないの？」

「いえ、自分のことをよく理解しているだけです。平凡な顔なのは重々承知してますから」

「ふぅん、そう。では、良いことを教えてあげる。雨了はね、茉莉花の香りが大好きなのよ」

私はその言葉に、弾かれるように顔を上げた。

茉莉花は色々と私に縁の深い花だ。それはなんとなく心を浮き立たせた。

「だから雨了が訪れる夜があったら茉莉花の香りをまとうと良いかもしれないわ」

ちなみに私は薔薇の香りが好きよ、と青妃はあどけなく微笑む。

「それにしても残念だわ」

「何がですか」

そう言った私のうなじに、ピリッとした感覚が走り、私はうなじを手のひらで覆う。

この感覚には確かに覚えがあった。そう、今まで何度も。

「だって、時間切れなんだもの……」

青妃は切なげにはあ、と息を吐く。

「わたくし、朱妃のことは気に入っていてよ。でも、本当はまだ招いてはいけなかったのよね。だって――雨了の乳母と宮女を殺したのは、わたくしの母だったのだから……」

「え……？」

微笑んだままの青妃の言葉に私は目を瞬かせた。

「わたくしの父は十四代皇帝の弟、つまり王弟だったの。だから、わたくしの母は雨了を殺してでも夫を皇帝にしたかった、というわけね。まあそんな醜聞はちょっと公表出来ないでしょう。というわけで揉み消された。けれど罪人の娘であるわたくしを自由の身になんて出来るはずないもの。だからこうして妃という名の牢獄暮らし。それで納得してくれる？」

迦国一の豪華な牢獄よ、と青妃はコロコロと鈴を転がすように笑った。

「だからね、雨了ったらきっとカンカンよ。ほら、聞こえて？」

もう耳を澄ます必要もなかった。

ドカドカと激しい足音が近づいてくる。

「莉珠っ！」

戸が壊れるのではないかと思うほどの音を立てて開いた先には、まごうことなく皇帝陛下——雨了が立っていた。

私は雨了を仰ぎ見て、ぱちぱちと目を瞬かせる。

眩しく感じるほどの美丈夫っぷりは相変わらず。着物なんて、皇帝が朝儀の時に着る煌びやかな姿そのままで、玉の飾りがついた冕冠を外しただけ。着替える時間も惜しいとばかりに駆けつけてきたように見える。

どくん、と心臓が聞き慣れない音を立て始めた。慌てて胸を押さえるがおさまらない。

「雨了……なんで」

「莉珠、良かった……無事か。青妃に変なことを吹き込まれてはおらぬか」

「まあ、失礼しちゃう。楽しくお喋りしていただけよ。ねえ？」

ツンと澄ましてそう述べる青妃を雨了は睨めつけた。だがそこに険悪な雰囲気はない。兄妹同然に育ったのは本当のようだ。

「まだ早いと言うたであろう。青妃よ、そなたには監視が付けられていると分かっていてやったな」

「もちろん。でも、わたくしの宮女がお世話になったから、直接お礼が言いたかったのは本当よ。それに、貴方の可愛い愛妃を見たかったのだもの。だってなぁんにも知らないのに、こんなところに放っておかれては可哀想だわ」

「……おい莉珠、青妃から何を聞いた」

「え、ええと。十年前のことを、少し」

「ええ。雨了がわたくしの母に命を狙われて、逃げ回ったという話をしただけ」

「ああ、そのことか」

雨了はやや肩の力を抜き、はあと息を吐いた。

「別に隠していたわけではないが……あまり民に知らせたい事柄ではないからな。そなたが知らないのも当然だ」

私はなんとなく、雨了がその辺りの記憶を失ったと知ったことについては黙っていた。

父親が亡くなってそう経たない内に、家族も同然の乳母や宮女を一気に失ったのだ。私も祖父を亡くした時は本当に辛かった。祖父は高齢だったし、しばらく前からずっと寝付いていたので覚悟していた。それでも悲しくてたまらなかったのだ。だから突然大切な人を失った雨了の辛さや悲しみは、想像に余りある。

「青妃はこう見えて俺と同い年だ。見た目に騙されるなよ」

「それは存じております」

私は青妃の手前、妃らしく丁寧に答えた。

「む、そうか。……莉珠よ、久しいな」

「はい、久方ぶりにお会い出来て、誠に光栄でございます」

「あら、もしかしてわたくしお邪魔かしら、部屋から出ていた方が良い？」

小首を傾げてそう言う青妃に、雨了は苛々したみたいに怒鳴る。

「揶揄うのはよせ！　まったく、青妃が余計なことをするから！　莉珠、行くぞ！」

「かしこまりました。陛下」

「ああもう、その話し方はやめろと！」

だが私が雨了に気やすい口をきけるのは、あくまで二人きりの時だけのはず。

それを告げると雨了は苦虫を噛み潰したような顔をした。

青妃はあらあらとばかりに袖で口元を押さえているが、笑っているのが見え見えだ。

中々良い性格をしている。

「まったく、そなたらはっ！　埒が明かぬではないか！　莉珠、もう行くぞ！」

「え、ひゃああっ⁉」

気が付けば私は雨了に担がれていた。荷物みたいに、肩に。

雨了の身長が高いせいで、慄くほど地面が遠い。

「うわっ、高っ、高いっ！」

「こら、暴れるでない」

私はその高さに思わず仰け反った。幸い、雨了にしっかりと掴まれているから落ちはしないが、怖いものは怖い。

「おっ、降ろしてっ、雨了！」

「朱妃、これに懲りずまた来て頂戴ね」

暴れる私に青妃はひらひらと袖を振る。

私は高さに目が回り、青妃にちゃんと別れの挨拶も出来なかった。

「あのっ、雨了！　降ろしてってば！」

「なんだ、そなたは高いところが苦手か」

「知らないっ！　なんでそんなに大きいのよぉ！」

縋れるものは雨了の背中だけ。両手でぎゅうっと背中辺りの着物を掴んだ。

雨了は青妃から解放されたせいか、機嫌良く私を担いだまま青薔宮をのしのしと進む。だが私はすっかり涙目だ。

とにかく高い、人の肩という安定しない場所で、いつ落とされるかと思うとヒヤヒヤしてしまう。

「はは、そなたは軽——いや、前より重くなったか」

その失礼にもほどがある発言に、私は担がれたまま雨了の背中を平手でバッチーンと叩く。良い音がした。

「痛いぞ！」

「雨了が乙女心を考えないでそんなこと言うからでしょうが！」

「そうか、そうか、そなたは乙女であったか。だが、あの時より肉が付いて良かったではないか。以前のそなたはまるで痩せこけた野良猫のようであったからな」

「だーかーら、そういう発言はどうかと思う！」

「ああ……そなたは、まあその……痩せこけた野良猫も悪くはなかったが、今はもっと……あ、愛らしいと……だな」

「……っ！」

私はその言葉に顔が熱くなるのを止められなかった。今ばかりは肩に担がれているおかげで、この真っ赤になっているだろう顔を見られなくて安堵してしまったほどに、恥ずかしくてたまらなかった。

「……長らく放置してすまなかったな。近い内にそなたの薫春殿(くんしゅんでん)を訪れるつもりだ」

「……うん」

「俺は、そなたをちゃんと愛妃だと思うている。だがそれと同時に、大切な者を作るのが恐ろしゅうもある。失うのを恐れ、執着に歯止めがきかなくなる獣のような心が怖いのだ」

「……十年前、乳母と宮女を亡くしたって」

「ああ。どちらも俺が赤子の頃からの付き合いであったのだ。愛妃であるそなたに何かがあれば……俺はもう耐えられぬかもしれん。そうなれば、どうなるか……」

その声は静かなのに悲痛なものが込められていて、私は担がれたまま雨了の背中を静かに撫でる。

「ねえ、愛妃って、なんなのかな」

気が付けばそんな言葉が口から零れていた。

「私、愛妃って言われても、やっぱり分からない。雨了にとって、愛妃ってなんなの」

その言葉の答えは返ってこず、雨了は静かに青薔宮の磨き抜かれた廊下をひた歩く。

歩調が少しだけゆっくりになる。

「……どうして私だったの？」

「愛妃とは、言うなれば、番のようなものだろう。皇帝の祖は龍の化身であった、と伝わっておる。龍は番で添い、生涯伴侶を代えることなく、片割れが死んだとしても新たな伴侶を迎えることはない。俺はとりわけ龍の力が強いそうだ。誰に言われたか忘れたが、先祖返りと言われたこともある」

それは青妃が私の口に菓子を詰めて誤魔化していた事柄だった。あの時は冗談めかしていたが、本当のことだったらしい。

雨了の従姉妹（いとこ）で、青い瞳という共通点がある青妃も龍の血を引いていることになる。それなら鱗（うろこ）が生えている理由になるかもしれない。

「じゃあ、雨了の目がたまに青くなるのも？」

「そうだ。子供の頃は青妃と同じく常に青かったのだが、いつ頃からか黒い瞳になり、何かに反応するかのように時折青に染まるのだ。――気持ち悪いか？」

「ううん、空みたいで良いじゃない」

黒になったり青になったりする雨了の瞳はまるで空模様だ。そう告げると、雨了は「そうか」とだけ言った。

「――我が一族が愛妃を求めるのは本能なのだとも聞く。であれば、先祖返りの俺は番（つがい）を求める気持ちが他より強いのかもしれん。俺はずっと何かを探していた。何かを忘れているような、誰かを迎えに行かねばならんような気がしていた。それは多分、莉珠のことである気がするのだ」

雨了はいつもと違い、静かな声でそう呟いた。

「確かに俺にも理由なぞ分からん。だが、番(つがい)というものを抜きにして、人を好きになるとは、それほど特別な事柄なのだろうか。それは俺の気持ちとどう違うというのだ」

「……そんなの分からないよ」

私にだって分からない。今だって雨了にドキドキするけれど、これが恋なのかどうかさえ、まだ分からないのだ。

「かまわぬ。ただ、俺はそなたの香りを好いておるし、そなたのまっすぐな気性も良いと思うぞ。後はそうだな、今でもまだ痩せすぎだ。もっと食べ、肉を付けると良い」

「ちょっと、まだ太らせる気⁉」

「おうとも、もっと太れ。こうして担げなくなるほどにな！」

私は再度、雨了の背中をバチッと叩いた。

雨了は笑う。

その笑い声を聞いていたら、肩に担がれて運ばれるのも案外悪くないな、なんて、そう思ったのだった。

「そのようなことがあったのですか……」

「そうなの。恩永玉は半泣きだったし、あの金苑まで真っ青で手が震えていて。二人も、ちゃんと別室でもてなされていたみたいなんだけど、さすがにお茶の味が分からなくなるくらい緊張したらしいわね」

次の日、私は汪蘭に青薔宮(せいしょうきゅう)の顛末(てんまつ)を話していた。例によって井戸へ向かう道すがらのことである。

「まあ……それは。青妃は決して悪い方ではないのですが……元々が公主ですので、少々……いえ、はっきり言うと我儘(わがまま)なところがおありですからね。ですが、随分前のことになりますけれど、当時皇太子であった陛下を庇われて大怪我をしたこともあったのです。他の妃嬪の方に比べれば、ずっと信用に足るお方だと思いますよ」

「ああ、十年前のことでしょう」

　私は青妃から聞かされた話を思い起こした。どうやら彼女の足の怪我も、雨了を庇った時のものだったらしい。しかし彼女の真っ白い足には傷痕がなかった気がする。あの時の出血量からして傷痕が残らないほど浅かったとは思えない。それがやけに心に引っかかる。

「十年……もうそんなに経ちますか。本当に、時の経つのは速いことです」

「そういえば汪蘭って結構長く宮女をしているのだっけ？」

　服装や髪型が華美でなく落ち着いた雰囲気ではあるが、汪蘭はせいぜい二十の半ばにしか見えない。とすれば今の私と同じような年齢で宮女になったのだろうか。

「……そうですね、古株と言えばそうかもしれません」

　頰に手を当てながら、汪蘭はおっとりと笑う。女性に年齢を聞いてはいけない案件のような気がする、と私はそこで口を噤んだ。

　井戸の手前の道に辿り着き、また汪蘭とろくをそこに待たせて、私は円茘の待つ古井戸のある広場へと向かった。

今日の差し入れは哈密瓜の砂糖煮が入った焼き菓子だ。

円茘は今日の菓子はそれほど好きでもないのか、胸に抱えた顔にうーんどうしようかな、というような表情を浮かべて考え込んだ後、まあ良しとばかりに首を縦に動かした。一応お許しが出たらしい。また茘枝が送られて来たら優先的に円茘にあげることにしよう。

だが、せっかく円茘に譲ってもらった場所ではあるが、今日は残念なことに井戸は雨了に繋がることはなかった。

「まあ、昨日の今日だしね。薬草でも摘んで帰るわ」

そうしてめぼしい薬草を積み終えた私に、井戸の前に戻った円茘が横の方をちょいちょいと指差した。

「ん？　まだ何かあるの？」

私は円茘が指差した茂みの奥を覗く。

そこに老人の後ろ姿が見えて、私は仰け反った。

「えっ⁉」

けれど、慌てて瞬きをした時には消え失せていた。

「目の錯覚……？」

驚いたせいで心臓がまだドキドキとしている。道士服の背中が確かに見えた気がしたのだが。

下生えにも踏まれた形跡はなく、その先は行き止まりだ。となれば錯覚か、妖であろう。妖であれば神出鬼没なのも無理はない。

「もう、脅かさないでよ」

円茘が悪いわけではないが、ついそんな言葉が零れた。

円茘は違う、とばかりに慌てた表情になっている己の首をブンブンと横に振った。

「何、まだ何かあるの？」

よくよく見ると行き止まりの陰にあるのはただの茂みではなく、放置されて久しく手の入っていない生垣のようだ。

覗き込むと、ふわりと嗅ぎ慣れた香りが鼻をかすめる。

「あ、この匂い……懐かしい……」

白く可憐な茉莉花がひっそりと芳香を立てながら花開いていた。早咲きの茉莉花だ。

祖父との思い出が色濃く残る茉莉花を見て、つい唇が弛む。

「この茉莉花で練り香水が作れたりしないかな……」

そう考えてしまうのは大好きな祖父との思い出と、雨了が茉莉花の香りが好きだという青妃の言葉のせいだ。

雨了は私の香りを好ましいと言うが、茉莉花の練り香水を失った今は何もつけていない。自分の肌の匂いを嗅いでも、特に何かの匂いはしないから謎である。

「……まあとりあえず、部屋に飾るだけでも良い香りだし」

私は茉莉花を一枝手折って、円茘に手を振ると汪蘭とろくが待つ場所へ戻った。

「まあ茉莉花が。もうそんな時期で——くしゅん！　も、申し訳ありません」

汪蘭は可愛らしいくしゃみをして顔を赤らめた。

「汪蘭、風邪？　それとも茉莉花の花粉かしら。外で待たせてしまったし、風邪だったら大変ね。早く戻りましょう」

「いえ、多分茉莉花の香りが強いからでは——くしゅん！」

「……駄目みたいね。茉莉花の枝は私が持つから」

「申し訳ありません……」

「ろく、帰るよ。おいで」

ろくに呼びかけて手を差し出すと、じゅうっと鳴きながら喜んで肩までよじ登ってくる。

だが、ろくも茉莉花の強い香りのせいなのか、ぷしゅんと髭を震わせてくしゃみをするのだった。

私は薫春殿に戻ると、何度もくしゃみをしながらも風邪ではないと言い張る汪蘭を休むよう下がらせた。

ろくの餌を持ってきた恩永玉が茉莉花の枝に鼻を寄せた。

「良い香りですね。こちらに飾りましょうか？」

「うん、お願い。茉莉花の香りが好きなのよね。練り香水を作りたかったけれど、簡単にはいかないみたいで」

「湯殿に花弁を浮かべるのも良い香りがいたしますよ」

「確かに……茉莉花の香りを身に纏いたいならそれでも良いわけよね。じゃあ今日のお風呂に茉莉花の花弁を入れてくれる？」

「かしこまりました」

こうして穏やかな一日が過ぎ去ろうとしていた。

そして、そんな時にこそ、変革の風は吹き込んでくるものなのかもしれない。

急な知らせを持った宮女が薫春殿へ駆け込んでくる。

「……朱妃、先触れがございました！　皇帝陛下が今夜参られると」

「こっ、今夜⁉」

雨了がとうとうやってくるのだ。先日の約束の通りに。

「わ、分かったわ……」

少し急ではあるが、雨了は忙しいのだから仕方がない。

私は早くもドキドキとし始める胸を押さえた。柄にもなく緊張してしまう。だって

これが初夜なのだ。何をするかは後宮に来たばかりの頃に教育係から教わっている。

それを思い出すと、どうしても顔が熱くなるのを止められなかった。

いつもは大人しい宮女達ではあるが、己の主人が皇帝陛下から見捨てられていな

かったのだという事実に、俄かに活気付いていた。

薫春殿は本物の春さながらの華やかさで、私は茉莉花風呂で磨き立てられ、きっちりと髪を整えられ、化粧も施される。

特に金苑が張り切って、青妃のところへ赴いた時より入念な化粧をされたのだった。

鏡に映る自分の顔も、化粧のせいばかりではなく、最近の食生活の改善のおかげもあって、まだ子供っぽくはあるものの見違えていた。数日前、雨了の肩に担がれた時にはもっと太れと言われたが、私としてはもう十分な気がする。

幾分、頬もふっくらとし、かつての目ばかりぎょろぎょろとしていた貧相な面影はない。見映えのする華やかな顔ではないかもしれないが、ギリギリ可愛らしいと言えないこともない――かもしれない。

（後はもっと可愛らしい性格をしていたら良かったんだけど。いや、今日は素直に雨了と話すんだ。喧嘩もしないように……）

ドキドキと高鳴る胸を持て余し、来訪の刻限までスーハーと息をしながら待っていた。

茉莉花の風呂に入ったこともあり、体から仄かに茉莉花の香りが立ち昇っている。

練り香水と違い全身から薫るので新鮮だ。とはいえ風呂に浮かべた程度なので香りはそう強くはない。雨了は好きな茉莉花の香りを喜んでくれるだろうか。

そういえば、あれから汪蘭を見かけない。何度もくしゃみをしていたから、やはり風邪でも引いてしまったのだろうか。どういうわけか、ろくもいつも寝床にしている籐籠の中にいなかった。

「ねえ、ろくを知らない？」

「あちらの部屋で敷物の上に丸くなっていましたよ。連れて参りましょうか？」

「寝ているのなら良いわ。餌もちゃんと食べていたわよね」

「はい。いつも通り、残しておりませんでしたよ」

珍しく違う場所で寝ているだけのようだ。最近は暖かくなってきたからかもしれない。もしくは私が準備に時間を取られてあまり構えなかったから、拗ねているのかもしれない。明日はたくさん遊んであげないと。

そんなことをつらつらと考えている内に時間は過ぎていった。

「陛下のお越しです」

その言葉に私の心臓が跳ね上がる。体温も一気に上がった気がしていた。

おかしなところがないか、再度着物を確認したり髪を確認したりと、雨了が来るのを今か今かと待つ。

不意にうなじがピリッとする。これはどうやら雨了の気配に反応しているようだ。

何故だか私は、雨了が近付くと分かるのだ。不思議ではあるが、この後宮自体が不思議なことだらけなので、慣れてしまえば大したことでもない。

それより、今は雨了の来訪だ。どくん、どくんと、全身が心臓になったように脈打っているのを自覚していた。

柄にもなく緊張している。

宮女達に導かれ、寝所に雨了がやって来た。

私はあらかじめ教えられた通りに跪(ひざまず)いて待ち、妃としての礼をとる。そしてゆっくりと顔を上げた。

雨了は相変わらず眩しいほどの美丈夫である。彼の顔を見ただけで覚えた口上を忘れてしまいそうになった。

その切れ上がった青色の目が私を捉え、ゆっくりと唇が開かれる。

私はそれを聞き逃さないようにじっと見つめ――

「臭いっ!!」

「……は？」

――私は思わず聞き返していた。

「臭いぞ！　そなたの全身が臭い！」

雨了の声は大きいのだ。聞き返したのは決して聞こえないからではなかった。

その言葉が正しく理解出来なくて、というか思考が完全に停止してしまった私は、口と目を開いてもう一度「は？」としか言えない。

「だーかーら、臭いと言ったのだ！　そこな宮女、湯殿の用意をせよ。湯にはもう何も入れるなよ！　急げ！」

「は、はいっ」

宮女が泣きそうな顔で走り去る。

薫春殿はたちまち蜂の巣を突いたような騒ぎとなってしまった。

「莉珠よ、まったく余計なことをしてくれたな！」

「えっ……なに？　なんで、わあっ！」

　予期せぬ事態に混乱していた私は、またも荷物のように雨了に抱えられ、湯殿まで連れていかれる。

「ちょっ、離してよ！　た、高いってば！」

「大人しくせい！」

　そして私は、青妃に騙されたのだと気が付いた瞬間、真新しい張ったばかりの湯に着物のままドボンと投げ込まれたのであった。

「ぎゃあああぁっ！」

　ザプンと大きく湯の波が立って沈みかけたところを、首根っこを掴まれて引き上げられる。飲み込みかけた水をがぼっと吐き出した。湯は熱くなかったが、正直死ぬかと思った。

「なっ……なんてこと、するのよぉっ！」

「良いから大人しくしておれ……っくしゅん！」

　長い袖をまくり上げた雨了は、くしゃみを交えつつ眉を寄せて私を丸洗いし始める。小汚い犬や猫にだってこんなに乱暴には洗わないというほど激しく。

「ぬあああぁ！　痛い！　痛いってば！　もう、どういうつもりよ！」

ものすごく痛い。私はもうしっちゃかめっちゃかに暴れた。

「どうしたもこうしたもないわ！　俺はそなたのそのままの香りが良いと言ったはずだ。何故余計なことをする！」

「もおおお！　知らない！　やめてっ、痛いって言ってるでしょうがー！」

せっかく整えた髪もぐしゃぐしゃのびしょびしょで、化粧も流れ落ちてしまった。湯から引き上げられ、濡れ鼠でゼーハーとその場に這（は）いつくばることしか出来ない。濡れた着物が重くて、もう抵抗する気力もないのだ。少しお湯を飲んでしまったせいか鼻がツンと痛む。

「よし、匂いは取れたか……。ええい、鼻がきかぬではないか」

「え、は……終わった、の……？」

「まだだ！」

湯での責め苦が終わると、今度は乾いた布でガシガシと擦られた。

「いーたーいーー！』

さすがに濡れて重くなった着物は宮女が引き剥（は）がして新しい寝巻きに着替えさせてくれたが、雨了に見せたかった綺麗に着飾ったあの姿はもう片鱗（へんりん）すらない。いつもの姿どころか、ボサボサの髪は酷いものだ。肌もヒリヒリと痛む。

だというのに、雨了は一仕事終えたとでもいうようにふう、と腕で額の汗を拭う。あまりにも顔が良いので、その額の汗まで輝いていて、それすら腹立たしい。ジト目で睨めつけるがどこ吹く風である。

「ああ、疲れた。今日は政務を急いで終わらせて来たというに、まったく余計な手間をかけさせよって。もう寝るぞ！」

「わぷっ！」

そうして枕か何かみたいに私を背後から抱きかかえ、雨了は用意されていた寝具にどさっと横たわる。私はもう疲労困憊して抵抗も出来ず、そのまま抱き締められていた。

——これが愛妃となった私の初夜である。臭いと言われて野良犬同然に洗われて終わり。

こんな酷い初夜が他にあるだろうか。いや、ない。

涙すら出ない。すん、と鼻をすする。

そんな私の頭を、雨了はあやすみたいにぐりぐりと撫でた。

「……もしや、青妃に何か吹き込まれたのではなかろうな」

「……う、雨了が、茉莉花の香りが好きだって……」

それを聞くと雨了ははあ、と大きく溜息を吐いた。

「……そなた、謀られたのだ」

「でしょうね……」

さすがにここまでされて気が付かないはずがない。小悪魔のような青妃の笑顔が脳裏に浮かんだ。

「青妃はな、時折ああいう悪戯を好むのだ。だからあの時、急いで止めに行ったのだぞ」

「……すみません」

「いや、そなたのせいではない。むしろ青妃がすまなかったな。決して悪人ではないのだが。……あれはかつて俺を庇い、酷い傷を負ったこともある。特に背中を斬られたのが相当に深かったのだ。助けられるまで時間がかかってしまったのもあって予後が悪く、ああやって元気そうにしておっても、あの宮殿の外にもろくに出られぬほど体が弱いままでな」

私はその言葉にあれっと思った。何かがおかしい。違和感はあるものの、もう疲れ切っていて頭が回らない。

「それもあって、俺からもあまり強くは言い難い。俺の母など激甘なのだぞ。とはいえ構ってほしいせいで、ああいった悪戯をするのだろうが……」

乱暴に洗われて疲労したせいか、睡魔が押し寄せていた。雨了に背後から抱き締められていて、背中が温かいから尚更だ。

雨了の声はまるで子守唄みたいだった。とろとろとした眠気に拍車がかかる。

「やはり俺はそなたのそのままの香りが良い。そなたの香りは、その名の通り茉莉花の香りによく似ておるようだ。だがほんの微かな、ふとした瞬間に逃してしまいそうな香りなのだ。だから本物のむせ返るような茉莉花の香りに容易く紛れ、消えてしまう。俺にはそれがどうにも許し難い」

「……雨了は鼻が良いんだね。龍の血の影響？」

「さあな、俺以外の感じ方など知らぬ。そういえば――誰が俺を龍の先祖返りだと告げたのだったか――」

雨了の声もどこかぼんやりとしている。私が疲れさせたせいで眠いのかもしれない。

「……無理に思い出そうとしなくて良いと思う」

忘れることにも、きっと理由があるのだろうから。

「そうだな……今はこの腕の中にそなたがいるだけで良い」

「うん……」

「もう寝てしまえ。幼子に夜更かしは辛かろう」

「もう！　私は十六だってば。何度言ったら……」

雨了は私の言葉に笑う。耳に吐息がかかって擽ったい。

「では、愛妃としての役割を——今宵果たすか？」

「えっ……？」

愛妃としての役割。それは、すなわちあれである。——そして本来なら、この今こそが初夜なのだ。

背中から抱き締めてくる雨了がもそりと動く。ドキッとして思わず身を固くした。

「……嘘だ。そなたがもっと食べ、身長と体重を増やしてからだな」

よしよしと子供のように頭を撫でられる。

ドキドキから一転してカッと怒りが沸き、文句を言うか肘打ちするかで悩んだ一瞬の後、すうすうと背後から柔らかな寝息が聞こえて、がっくりと力が抜けた。

雨了は言いたいことだけ言って寝てしまったらしい。

多分、本当に疲れていたのだろう。

まあ半分くらいは私のせいかもしれない。だとしても。

（……雨了の馬鹿、馬鹿、馬鹿ぁーッ！）

本人にぶつけられないこの怒りは心の中で叫ぶしかないのだった。

私も全身を洗われて、すっかり疲労困憊（ひろうこんぱい）したのもあって、ムスッとした顔でそのまま不貞寝を決め込んだ。

どんなものでも初夜は初夜である。
たとえ犬猫のように丸洗いされ、枕の如く抱き締められて共寝しただけであっても。
薫春殿（くんしゅんでん）に皇帝陛下の御渡りがあったことは、あっという間に後宮中へ広まった。

私は名実ともに愛妃として、それに相応しい扱いを受けることとなった、らしい。

けれど私の生活は平穏から程遠く、またしても難事に頭を悩まされる日々が続くのだった。

第五章

「はあ……楽だわ」

ついそう言ってしまうのは、陰口が激減したためであった。

いつも通りの汪蘭とろくを連れての散歩でも、行き合った宮女は陰口を叩くどころか青い顔をして頭を下げていた。

薫春殿に皇帝陛下が訪れた、と大々的に広まったおかげだ。これでしばらくは静かになるだろう。

そう思ったのも束の間。

今度は雨了と誼を通じたい宮女や妃嬪に追いかけ回されるようになっていた。

薫春殿にいると、私に会いたいと頻繁に訪ねてくる。外に出ると待ち伏せされて、しつこくまとわりつかれる始末。

いつもの古井戸に向かう小道にも、ぞろぞろとついてこようとするので、さすがにこの先についてくるのは許さないと、強く言うしかないのだった。

「疲れた……。汪蘭、この先には誰も通さないでね」

「は、はい。全力を尽くします。その、少し不安ですが」

「ろくもお願いね！」

「じゅうじゅうっ」

不安そうにする汪蘭と、やる気満々の可愛いろくを残して、私は古井戸の広場に向かった。

今日のお裾分けは茘枝(れいし)だ。円茘も久々の茘枝(れいし)に目を輝かせてニコッと微笑む。

だが、その愛らしい微笑みはすぐに曇り、首を横に振る。

どうやら今日も繋がらないらしい。最近どうも井戸と宝鏡が繋がりにくいようだ。

「繋がらないなら別に良いわよ。久々に茘枝(れいし)が送られて来たから円茘に食べさせたかったの。私も一人でゆっくりしたくて。なので少しお邪魔させてね」

しょんぼりしながらも茘枝(れいし)を盛った鉢からじっと目を離さない円茘に笑い、彼女の前に鉢を置いた。

ありがとう、というつもりなのか、ニコニコしつつ何度も腕に抱いた顔を縦に振る円茘。目が回ったりしないのだろうか。

最近の薫春殿は騒がしくて、全然ゆっくり出来ないし、夜にはちょくちょく雨了が来るようになった。

ちょっと早く来られた日にはお酒を飲んだり、話したりする場合もあるが、大抵は疲労困憊していて、ただ睡眠を取るためにやってくる。私を枕のように抱えて寝るだけなのだ。愛妃というよりすっかり愛枕である。胸をときめかせる暇もない。

今まで政務が忙しいから来られなかったというのも、あながち嘘ではなかったらしい。こうして無理矢理に時間を作ってくれるのは嬉しかったが、倒れでもしたら元も子もないと心配だ。それを雨了に伝えたら、大笑いしながら私の頬を餅のように引っ張ってきた。全く女扱いされていない気がするし、雨了もまるきり子供のようだ。それもクソガキと呼ばれる部類の。

それでも、夜に僅かでも直接会話が出来るようになったから、ここでの会話はもう不要なのかもしれない。けれど、私が一人になれるのはやっぱりこの場所だけだ。

続けて、私はぼんやりと青妃について思いを馳せる。

十年前、私が助けたのは青妃だと思っていた。しかし、私が聞いた話を繋ぎ合わせると何だかおかしい。

汪蘭は、青妃が雨了を庇って大怪我をしたと言っていた。雨了も同じようなことを言ってはいたが、傷は背中で予後が悪く、そのせいで今も体が弱いという話だったはずだ。

けれど、私が十年前に会ったあの人の怪我は足。切り傷としては深かったのは確かだが、一般的に大怪我と言うほどではない。六歳の私で応急処置が出来る程度の傷だった。

背中の傷は私と別れてから負った可能性もあるものの、青妃が裳（も）を捲ってチラリと見せた足には傷痕がなかった。大怪我ではないにしろ、完全に消えてしまうほど浅い傷でもなかったはずなのに。

どれも些細（ささい）な食い違いだが、私は何か根本的なところで間違っているような、そんな気がしていた。

私が会った十年前の少女は青妃ではない。そうであれば、あの青妃によく似た青い瞳の少女は、一体誰なのだろう……

遠い記憶を思い返す。確か独特の口調をしていたはずだ。どことなく古めかしい響き。そう、あれは——

「——莉珠」

確信に至る手前。歌うようなその声を聞いた私は、それまで考えていたことが全て霧散して、頭が真っ白になった。

ドクンと心臓が嫌な音を立てる。

振り返りたくない。けれど、振り返らねば見えない。信じたくない、その声の主。

私は首を動かした。まるで錆びてしまったかのようにぎこちなくしか動けない。

「ああ、莉珠、ここにいたのね。会いたかったわ」

日に焼けたことのないような白い肌。その黒く艶々した髪はきっと毎日の手入れを欠かしたことなどないのだろう。今は宮女のお仕着せを着て優しげに微笑んでいる。

「姉さん……」

姉の朱華が目の前にいた。

私は思わず目眩を起こし、辺りを見回す。だが、ここは確かに後宮内の古井戸のある広場。もう朱家ではない。なのに、どうして。

「どうして、ここに……」

喉がカラカラで絞り出したような声にしかならない。

「莉珠……朱家が大変なことになってしまって……貴方に助けてほしいの」

姉――朱華は儚げに着物の袖で目元を拭う素振りを見せた。

「実はね、貴方がいなくなってから本当に大変だったのよ。火事が起きて……。幸い小火で済んだのだけれど、お母様が逃げる最中に転んで、足の骨を折ってしまったの。それで、今も寝たきりなのよ。しかも間の悪いことに、今度はお父様まで病に倒れてしまって。どうも肝が悪いようなの。とっても体が弱っていて、お役人のお仕事もずっと休まれているの」

身動きも出来ない私の横で、円茘が己の首を上下にオロオロとしている。

朱華には妖が見えないらしく、円茘に気が付いていないようだった。

「そんな風に家の中がゴタゴタしていたせいか、小間使いの一人が屋敷のお金を持ち逃げして。ねえ、酷いでしょう。凶事が続いたこともあって、婿入りの約束をしていた方からも、とうとうお断りされてしまったのよ」

バタバタと汪蘭が走ってくるのが見えた。

「も、申し訳ありません……朱妃」

「じゅうぅ……」

誰も来させないでと言っておいたが、朱華を止められなかったことを謝っている。汪蘭の手にはろくが抱かれているけれど、いつもよりぐったりとして、自慢の黒い毛に白っぽい砂が付着していた。私はそれを見て眉を顰める。

朱華はそちらに目もくれない。微笑んだまま平気で話を続けていた。

「それで、家にお金がなくなってしまって、もう治療費にも事欠くありさまなのよ。そのせいで私も働きに出なければならなくて。でも私には美しさくらいしか取り柄がないでしょう。だから宮女になったのよ。それに後宮まで来れば貴方にも会えると思って。妃になった貴方に援助をお願いしたかったのだけれど、貴方は手紙の一つも送ってくれないのだもの。でもようやく会えたわ。ねえ、助けて頂戴、莉珠」

私だって朱華には何度も助けられた。以前の私なら、いくら憎い義母相手でも、さすがに見舞金くらいは出したかもしれない。それに骨折した義母は本気でどうでも良いが、病に倒れた父親は、縁を切ったとしても一応は血の繋がりがある。

けれど今は、朱華がこんな優しそうな顔をしながら私を散々馬鹿にして、私への手切れ金すら搾取していたことを知っている。

しかも、あの砂で汚れたろくを見れば、汪蘭達が止めるのをどうやって押し切ったのか、嫌でも想像してしまう。

汪蘭は朱華が私の姉だと名乗れば強く止められないだろう。同じ宮女同士と言っても妃の身内に失礼なことは出来ないからだ。

けれど、猫であるろくはそんなことは気にしない。とってもお利口なろくは、私の言葉を理解していた。きっとあの小さな体で、私の言いつけを守り朱華の前に立ちはだかりでもしたのだろう。もし叩かれたり蹴られたりしていたら絶対に許せない。

「ねえ、莉珠、どうかしたの。この私がお願いしているのに。今まであんなに助けてあげたでしょ」

朱華は本気で分かっていないようで、そう言って私を苛立たせた。朱家にいた頃は気が付かなかった、言葉の中に混じる傲慢さが鼻につく。

「あの時だって私の着物を着ていったじゃない。お母様のことはまだ許せないかもしれないけれど、貴方は皇帝陛下の愛妃。とっても偉いのだから、お母様のことは水に流して助けて頂戴よ。ううん、もし、どうしても許せないのならそれで構わないわ。私もこうして宮女になったのだもの。せっかくだし、皇帝陛下の目に留まるように紹介してくれないかしら」

「な、何という失礼なことを……！　しゅ、朱妃から離れてください……！」

汪蘭が朱華にそう言うも、朱華は汪蘭の存在がまるで見えないかのように完全に無視して、目線すら寄越さない。

「莉珠。貴方でも愛妃になれるのだもの。きっと私のことも陛下は気に入ってくださると思うのよ。姉妹仲良く、陛下にお仕えしましょう、ね？」

朱華の提案は反吐（へど）が出そうなものだった。

これまで散々虐（しいた）げてきた私に、よくいけしゃあしゃあとそんなことが言える。腸（はらわた）が煮えくり返るくらい腹立たしかった。

その提案だって、私なんかが寵愛を受けられるのなら、それより美人な自分は、より深く寵愛されるに違いないとでも思っていなければ出ない言葉だ。

「どうしたの、莉珠。急だったから驚いちゃった？」

ニコニコと無邪気に微笑む朱華がとてつもなく気持ち悪い存在に見えて、私は一歩後退(あとずさ)った。

確かに朱華には何度も助けられた。けれど私はもうこれ以上、朱家の人間の思い通りになる存在だなんて思われたくない。

私は汪蘭を目で制すると、緊張に唇を舐めてから口を開いた。気力で負けるわけにはいかないのだ。

「……朱華。言っておくけど、貴方に渡すお金なんてないから」

「もう、朱華だなんて他人行儀にどうしちゃったの。姉さん、でしょう。それに貴方は皇帝陛下に寵愛されているのだから贅沢三昧(ぜいたくざんまい)ではないの？」

「後宮じゃ使うところなんかないんだから、お金は持ってないし、お金を用意しろだなんてそんな恥知らずなこと、誰に言えっていうのよ」

私は朱華から目を逸らさず、じっと見つめてそう言った。

家にお金がない、治療費にも事欠くと言うくせに、朱華は髪の先まで身綺麗なままだし、髪飾りなども以前通りの良い品だ。金銭に苦労しているようには見えない。

「それに、朱華。貴方には金二枚分の帯玉だか簪(かんざし)だかがあるでしょう。それを売れば良いじゃない。治療代には十分な額ではないの？」

「……なんのこと？」

「しらばっくれないで。私の着物代として父が用意していたでしょう。ああ、手切れ金でもあったわよね。それともそのすっからかんな頭では、使ったらすぐに忘れてしまうの？」

「まあ……酷いことを言うのね」

「久しぶりに会っていきなりお金をせびるのは酷くないとでも？」

私は悲しげに袖で口を覆う朱華に、はっきりと告げた。

「薬くらいなら送ったって良いけど、それ以上はしない」

父親の肝の病は、多分お酒の飲み過ぎだ。かつて何度も重い大瓶の酒を買いに行かされたのを忘れはしない。毎日のように酒浸りでは肝を悪くするのも当然だ。

「……そう。では私はこれからも宮女として働いて、家計を助けるしかないということね」

「知らないわ。私には朱家を助ける義理なんてない。父からは家を出る時、もう戻るな、一人で生きていけと言われたのよ。そうやってあっちから縁を切られたのに、困窮したらお金をせびってくるのはおかしいでしょう。それに今までの私の生活費だってごく僅かだった。それくらいなら薬代で手打ちよ」

朱華はすうっと目を細める。その目付きはあの忌々しい義母に似ていた。

「――分かったわ。私ね、今は胡嬪にお仕えしているの。胡嬪はとても良い方よ。お父様やお母様の薬代や治療費は胡嬪が用意してくれているから、貴方からは結構よ……とても残念ね」

あっさりと引き下がる朱華に、ほっとしつつも薄らと恐ろしいものを感じる。けれど、もう搾取されるのはごめんだった。自分でちゃんと言い返せたのだ。そう思いながら、祖父の形見が入った胸元に手を当てた。

朱華はくるりと背を向けて来た道を戻っていく。

背中を見せて初めて気が付いたのだが、黒い靄がその背を覆うようにべったり貼り付いていた。いや、まるで朱華の背中から発生しているみたいにも見える。今まで見た靄の中で一番大きい上に濃く、朱華と癒着しているかのようだった。

「じゅうううっ！」

ろくが毛をぼわぼわに逆立てて、今にも朱華に飛びかかろうと暴れる。汪蘭は「いけません！」と暴れるろくを必死に押さえていた。

「やだ、きったない猫……。しっしっ、あっちお行き！　もう、せっかくの着物が汚れちゃうわ」

去り際に朱華が言ったその一言は、今日一番私の心を苛立たせた。

「朱妃、申し訳ありません。私では……止めることが出来ませんでした……」

汪蘭はペコペコと何度も頭を下げる。

「仕方ないわよ。それよりろくは大丈夫なの？　汪蘭も怪我とかはしてないわよね？」

私は毛をぼわぼわに逆立てたろくを受け取ってもみもみと揉んだ。特に怪我はないようだ。

「じゅううぅん……」

「おまえ、そんな声も出せるの」

悲しげな鳴き声が面白くてちょっと笑ってしまう。

「私の存在など目に入らないのでしょう。ただ無視をされただけですから……。ろくが跳ね飛ばされて、慌てて抱き上げていたら突破されてしまい……」

「しばらくはここに来るのも控えた方が良いかもしれないわね。円茘には誰かに頼んで食べ物を持っていってもらおうかな」

離れた木の陰で心配そうにこちらを見ていた円茘が嬉しそうな顔になって、うんうんと首を縦に振った。

「ああ、井戸のお方へのお供えですか？」

「えっ、知ってるの？」

「ええ、朱妃がいつも食べ物をお持ちになるのはお供えなのだろう、と。噂と言いますか、後宮には不思議な話が多いのです。確かこの井戸には十代くらい前の皇帝の愛妃の霊が出るとか」

円茘はそうだと告げるようにニコッと笑う。首が切れているから一見怖いが、愛嬌があってなんとも可愛らしい霊である。霊も妖(あやかし)に含まれるということなのだろう。

「後宮七不思議というそうですよ。実際に七つもあるのかは知らないのですが、白髭(ひげ)の道士服を着た老人の霊もちょくちょく目撃されているそうです」

「へえ……そうなんだ」

老人の霊なら一度私も見たことがある。入宮の儀の時もそうだったが、私ほど鮮明ではなくても霊の類(たぐい)が見える者もいるらしい。

「汪蘭って後宮事情に詳しいわよね。胡嬪って知ってる？　あの朱華の主人らしいんだけど」

「古株ですから、それなりに詳しい方かと思いますが。胡嬪ですか。確か青妃と同じような境遇の方です。胡嬪の父親は名高く人望に厚い将軍でしたが、先々帝の崩御の際、王弟派に付いて……。高名ゆえに、その部下が反発する可能性を考えると簡単に処分するわけにもいかず、おそらく人質も兼ねてその一人娘が後宮に召し上げられたのでしょう。他の妃嬪(ひひん)の方も似たり寄ったりですよ。嬪ですから妃より下の身分の方ですね」

私は円茘にこっそり手を振って薫春殿(くんしゅんでん)へ戻った。

ろくはもうすっかりしょげてしまって、私が抱っこをすると腕の隙間に顔を突っ込む。合わせる顔がありませんとでもいうような格好が可愛くて、つい笑ってしまった。

「あっ、朱妃、お戻りになられましたか」

私が帰ると金苑が急ぎ足で寄ってきた。

「お疲れのところ申し訳ありません。青妃のところの宮女がいらしております。以前に体調が悪そうにしていたところを、朱妃がお助けになられた……」

「ああ、そういえば。青妃に招かれた時、結局あの宮女に挨拶も出来なかったものね」

「はい。それが、後宮を辞するとのことで、お別れの挨拶なのだそうです。朱妃が戻っていらして良かったです」

私はそれを聞いて客間へ急いだ。

彼女はすっかり元気そうな顔でこちらを認め、深々と頭を下げた。着物はまだ宮女のお仕着せだったが、このまま出ていくのか傍らには大荷物がある。

「ああ、朱妃。わざわざありがとうございます」

「いいえ。それよりも、後宮を去るの？　もう体調は悪くないのでしょう？」

「ええ。そうなのですが、私は宮女に向いてないと今更気が付きまして。実は朱妃に助けられた頃、青妃の下で失敗ばかりしていて、とても悩んでいたのです。恥ずかしいことに他の宮女に嫉妬し、逆恨みまでして……」

しかし彼女の清々しい笑みからはそんな悪感情は全く読み取れない。

「具合が悪くなったのも、そんな私への罰だったのかもしれません。あの日、朱妃に助けられて、曇っていた心が晴れたような心地がしたのです」

「……なのに辞めてしまうの？」

「はい。向いてないのなら、いっそ他の道を探そうと。こんな気持ちになれたのも、朱妃のおかげだと思っています。勿論、失敗ばかりの私を追い出さずに引き止めてくださった青妃にも感謝しています」

「別に私は何もしてないわ」

強いて言うならろくのおかげである。彼女の悪感情が黒い靄になったのか、黒い靄が触れると悪感情に支配されるのかは分からない。けれど、ろくがそれを仕留めて引き離したから彼女は元気になったのだ。

「いいえ。朱妃は、妃という尊い身分であらせられるのに、一介の宮女でしかない私に手を貸してくださいました。本当に感謝しています」

そう言って、彼女はスッキリした顔で歯を見せて笑ったのだった。

私もそんな笑顔を見せられては嬉しくなってしまう。朱華のせいで気分が悪かったから尚更だ。

「あっ、猫さんにもお礼を。飛びかかられてびっくりしたんですけど、猫って良いですね。可愛くて、柔らかくて。私も新しい生活に慣れたら猫を飼いたいなって」

ふむ、猫に目をつけるとは、実にお目が高い。

「あの猫はね、ろくと言うの」

「ろくさんですか！　朱妃さえよろしければ、ろくさんにも踏んでくださってありがとうございます、とお礼を言わせてください。それからこちらの品をどうぞ。私の故郷に伝わる、魚の乾物を薄く削ったものです。汁物の出汁（だし）を取るのに使うのですが、故郷では猫の好物と言われております。ろくさんのお口に合えば良いのですが」

若干天然そうな娘だ。後宮を辞してしまうのは残念だが、確かにこの性格では青妃の宮女には向いていないだろう。

私は笑顔で乾物を受け取り、こちらからの餞別（せんべつ）に自作の薬をあげて別れた。

余談ではあるが、その魚の乾物はろくの食いつきがそれはそれはすごく、自信を失ったろくが復活するのに、とても役立ってくれたのだった。

◆　◆　◆

　びゅうびゅう、と激しく音を立てる風に私は窓の外を覗いた。木がゆさゆさと揺れている。

「今日はやけに風が強いわね」

　恩永玉も眉を下げて窓の方を向く。

「そうですね。洗濯物が飛ばされないと良いのですが」

　ここ二、三日続いた強い風は後宮内を吹き抜けて、薫春殿の木々を揺らし、せっかく咲いた花を散らしていく。

「なんだか嫌な風ねえ。――あら、おかえり」

　ちょうど外からひょっこりと戻ってきたろくが、その漆黒の毛並みに花弁を一枚くっ付けている。ろくを抱き上げると鮮やかな赤色をした花弁がひらりひらりと舞い落ちてゆく。

　ろくはぷるぷると体を震わせて「じゅう」と一声鳴いた。

「まあ、真っ赤な花弁。ろくの黒い毛並みには赤が映えますね」

ニコニコしながら花弁を拾い上げた恩永玉に、私は機嫌良く返す。

「そうでしょう！　他の色もよく似合うけど、特に赤はろくの緑色の瞳がよりくっきりとするから」

妖ではあるが、愛猫のろくを褒められると途端に有頂天になってしまう。膝の上のろくを撫でくり回した。

「それにしても赤い花なんて、この辺りで咲いてたかしら。どこまで行っていたの、ろく」

「赤い花でしたら、そろそろ庭の欝金香が……あの、すみません、朱妃。もっとお話のお相手をしていたいのは山々なのですが、金苑が呼んでいるので失礼しますね。もしかしたらこの風で洗濯物が飛んでしまったのかもしれません」

恩永玉は丁寧に頭を下げて部屋から出ていく。私はろくの前肢をふりふりしながら見送った。

◆◆◆

それから数日後、強かった風もやみ、平穏な日々が戻ってくるはずだった。

しかし、そう簡単にはいかないものである。

「お久しゅうございます。本日は朱妃にお願いがあって参りました」

少々勝気そうな顔、唇に濃い紅を塗ったその宮女はかつて、ほんの少しの間だけ薫(くん)春殿(しゅんでん)にいた蔡美宣(さいびせん)という若い宮女だ。

恩永玉の同期であるため、彼女にも同席してもらった。

以前はよく似た宮女とまるで双子のようにべったりくっついてお喋りばかりしていたが、今日は一人だ。どうやら恩永玉も同じことを考えたらしい。

「蔡美宣、明倫(めいりん)はどうしたのですか。貴方達、いつも一緒にいたでしょう?」

「ええ、そのことなのです！　朱妃に明倫を助けてほしいのです。何やら様子がおかしくて……もしや気の病(やまい)ではないかと……」

「病(やまい)なら医師を呼んだ方が早いでしょう。私は薬を煎(せん)じることもあるけど、趣味程度の腕前よ」

「いいえ、妖を見たせいで魂を抜かれてしまったのかもしれません。このようなこと、朱妃にしかご相談出来ず……」

「あやかし……？」

「ちょ、ちょっと恩永玉、悪いけどお茶を淹れてきてくれる？」

「は、はい……」

きょとんと首を傾げる恩永玉には聞かせたくない。私は慌てて彼女をこの場から外させた。

「ど、どうして私が妖を……」

「ええ、朱妃は妖が見える特別なお方だと聞きまして。今は蓉嬪にお仕えしておりますが、かつて入宮の儀の際に、朱妃が妖の言葉をお聞きになり、ご遺骨を見つけたのだと伺いました」

私は額を押さえた。どうやら噂が一人歩きしているらしい。全くの嘘ではないが、遺骨があると知って調べさせたわけではないというのに。

「それに先日も――」

まさか円茘と話しているところでも見られたのだろうか。

私はヤケクソ気味に蔡美宣の言葉を遮(さえぎ)った。

「ああもう、分かった！　その噂を否定しておいてくれるなら、話くらいは聞いても良いけど！」

――曰(いわ)く、蔡美宣と明倫の二人は、とある場所にて美しい男の妖(あやかし)を見たのだと言う。

本当なら妃という立場にありながら伴も付けずに出歩くのは良くないが、こんな話は薫春殿(くんしゅんでん)の宮女に聞かせたくはない。これ以上辞められては困るからだ。仕方なく蔡美宣と二人で、その美貌の妖(あやかし)が出たという場所へ出向いたのだった。

「本当にこんな遠くまで来たの？」

「はい、先日の強風で洗濯物を飛ばされてしまいまして」

「ああ薫春殿(くんしゅんでん)でも似たようなことがあったわ」

蔡美宣達は飛ばされた洗濯物を探して、普段訪れない人気(ひとけ)のない場所までやって来たらしい。

後宮は広く、また近年まで必要なかったこともあって、整備が追いついていない場所も多かった。この辺りもそのようで、石畳はあちこち割れており、その隙間から雑草が顔を出している。

「こちらの方は幽霊が出るとかで、あの時に初めて来たのです」

「へぇ……幽霊ねぇ」

正直なところ幽霊はもう珍しくもない。

「朱妃はご存知ありませんか。後宮には幽霊話が付き物だそうですよ。死んだはずの宮女が歩いていたとか、髭の老人が歩いていたとか」

「どっちも歩いているだけじゃない」

「でも怖いじゃないですか。場所を知っているのはここと、あと一箇所くらいですけど。ここはなんでも大昔、宮女が若く美しい宦官と恋に落ち、けれど夫婦になれないことを嘆いて首を吊り、美貌の宦官もそれを悲しみ、後を追ったのだとか……」

「ふうん。そういうのを聞いてしまうと、確かになんとなく薄気味悪く感じるわね」

木々がまるで目隠しをするかのように道の両脇に生えているし、生垣も伸び放題で、昼間でも薄暗くて陰気だ。

「そうでしょう。この先は行き止まりになっていたのですが、明倫が生垣に隙間を見つけて」

言いながら蔡美宣は前方を指差す。知らなければ見逃してしまいそうな位置になんとか通れそうな隙間があった。

「そこに、それは美しい花畑があったのです。そして……」

「若い男の霊だっけ？」

「はい……わたくし、あれほどに美しい男性を初めて見ました。この絵姿の麗人に少し似ておりましたわ」

蔡美宣はうっとりとした声を上げ、私に端のよれた絵姿を見せてくる。

おそらくは役者であろう優男が描かれていた。

「そのお方はわたくしに背を向けていらして、明倫があっと声を上げると、くるりと振り返り……可憐な唇に花弁を咥え……その姿はこの絵よりもずうっと麗しいお顔をしておりましたの」

ここは後宮。基本的に女の園だ。勿論宦官は出入りしているが、若く美しい宦官には今まで一度もお目にかかったことはない。

「後宮に若い男ねえ」

「本当にいたのです！　むくつけき衛士などでは断じてありません！　陛下のご尊顔も大変麗しゅうございますが、陛下でもありませんでしたもの！」

蔡美宣はぷりぷりと怒りながら生垣の隙間に入っていく。私もしぶしぶ後に続いた。

「きゃああっ！」

直後、蔡美宣の悲鳴に飛び上がる。

「ど、どうしたの⁉」

蔡美宣は青ざめて前方を指差した。その手が震えている。

――花畑があるはずのそこには何もなかった。全てほじくり返された剥き出しの土があるばかり。最近掘り返したのか、むせ返るような濃い土の匂いがする。

蔡美宣は慌てて私に取り縋った。

「そんな……本当にあったのです。真っ赤な花畑が……」

「赤い花？」

「ええ……あの奥の方に蹲るようにその方がいらして……赤い着物を着てらしたと思います。赤に映える白皙の容貌をした麗しの方は確かにいたのです……」

「分かったから、一度戻りましょう。次は明倫に会わせて──」

次の瞬間、びゅうっと強い風が吹き抜けた。

数日前の残滓のような強風に、袖で目を庇う。

「──ない」

「え、蔡美宣、何か言った？」

呟きが聞こえた気がして聞き返したが、それはすぐにバサバサバサッと激しい羽ばたきの音にかき消された。

「鳥……？」

「ああ、あの時と同じです！　そう、あのお方は鳥になって飛んでしまわれた……」

慌てて空を仰ぎ見ると、鮮やかな赤い鳥が飛び去るところだった。随分と大きい。

「飛天か迦陵頻伽か。きっとあの麗しいお方は鳥に変じることが出来るのですわ」

蔡美宣はうっとりと空を眺めている。

あれほど大きく真っ赤な鳥など、今まで見たことがない。それでも飛んでいく様は
ただの鳥にしか見えなかった。

「妖ねえ……蔡美宣は鳥に変じる様子を見たの？」

「いいえ。ですがきっとそうに違いありません！」

蔡美宣は鼻息も荒くそう言い切った。だが特に根拠はないらしい。

「はいはい……」

そう適当に返事をしていると、ふと赤い物が落ちているのに気が付いた。随分と立派な鳥の羽根だ。

「まあ、その深緋色(こきあけいろ)の羽根はあの鳥の君のものですね！」

「多分そうでしょうね。本当に真っ赤」

拾い上げてまじまじと見る。驚くほど鮮やかな深緋色(こきあけいろ)の羽根は染めたのではなさそうだった。持ち帰ってなんの鳥か調べてみようと、私は帯に羽根を差し込んだ。

「あの鳥が妖(あやかし)で、若い男に変身するって蔡美宣は言いたいのね。それで、一緒に目撃した明倫はどうしたというの？」

「ええ、それが、明倫はあの鳥の君を見ていないと言うのです……」

深緋色(こきあけいろ)の鳥が飛び去ってしまっては、もうここにいる意味もない。

来た道を戻りながら蔡美宣の話を聞いた。

「あの時、明倫は私に先んじて驚いた声を上げたのです。だからあのお方に気付いてないはずありません。なのに覚えがないと……！」

「ま、まさかそれだけ？」

「そんなことありません！　最近明倫ってば付き合いも悪くなって、わたくしが話しかけても上の空。ぶつぶつと独り言を呟いていたり、夜中もなにやらゴソゴソとして寝不足のようなのに、やけに機嫌がよかったり、逆に苛々している日もあって、ずっと爪を噛んでいたり……」

確かに気の病といえばそうかもしれないが、聞いただけで判断出来るはずもない。

「で、その明倫はどこにいるの？」

「……それが、最近はどこかにふらふらと消えてしまうのですわ」

蔡美宣は頬に手を当ててため息を吐いた。

この二人、宮女の仕事をちゃんと出来ているのか、少し心配になってくる。

「まあ良いわ。とにかく明倫の様子を見なきゃどんな感じか分からないし、私は戻るから」

私は記憶を頼りに薫春殿の方へ歩き出そうとして、蔡美宣に止められた。

「あの、朱妃。薫春殿はそちらではありませんが。そちらの道には確か、禽舎があったと思います」

「ちょ、ちょっと間違えただけよ」

後宮内をうろうろする機会はそう多くない。私に分かるのは薫春殿の周囲と古井戸の辺りくらいなのだ。

しかし禽舎ということは、鶏だか家鴨だかを飼っているはず。深緋色の羽根を見せれば先程の大きな鳥の名前が分かる者もいるかもしれない。

「……せっかくだから禽舎まで行ってみようかしら。蔡美宣はどうする？」

「まあ、わたくしはご遠慮いたします。鳥はちょっと……鶏糞の臭いが着物についたら嫌ですもの」

「あっそう……」

妖の鳥は追いかけているくせに、と思ったが声には出さなかった。

蔡美宣と別れ、てくてくと禽舎への道を歩く。

ふと向こうから宮女が歩いてくるのが見えた。宮女もこちらの服装で気が付いたのか道の端に避けて道を譲ってくれる。

その顔を見て私は思い出した。

「ねえ貴方、明倫よね」

「は、はい。そうでございます」

明倫は訝しそうに顔を上げた。確かに蔡美宣の言う通り、あまり顔色は良くないかもしれない。疲れているのか、目の下に化粧で隠しきれない隈があるのが分かった。けれど応対した感じでは特に問題はなさそうだ。私からすれば美貌の宦官の霊だか鳥の妖だかにきゃあきゃあと夢中になっている蔡美宣より、よほどまともそうに感じる。

鶏糞の臭いすら嫌がって逃げる蔡美宣と違い、明倫はちゃんと今まで仕事をしていたようで、手入れされた爪に土が入り込んでいるのがチラリと見えた。土いじりでもしたのだろうか。

「蔡美宣が貴方の体調が良くないのではないかと心配していたわ。夜、あまり眠れていないの？」

「いえ、特にそういうことはありませんが……」

言葉少なに明倫は否定する。

「むしろ蔡美宣の方がおかしいかもしれません。若い男がどうの、と最近はそればかりですから。少々うんざりしておりまして……あ、申し訳ありません、このようなことを朱妃に」

「いえ、体調が悪いわけでないなら良いの」

「はい、では失礼いたします」

明倫は頭を下げて私に背を向けた。

特に問題なさそうだ、と思っていたが、明倫の背中を見て私は凍り付く。

その背中には黒い靄がくっ付いている。具合を悪くした宮女や、朱華に付いていたものに似ているが、それよりは随分と小さい。呼び止めようかと逡巡する内に、彼女はそのまま行ってしまった。

(またあの靄……一体なんなの……)

後ろ髪を引かれるが、気を取り直して禽舎に向かう。

そこにまたも見知った人物を見つけ、驚いて声を上げた。

「梅応！」

私が後宮に来てすぐの頃に教育係をしてくれた宦官の梅応だ。

額に汗し、着物に土汚れを付けてせっせと鳥の餌箱を運んでいる。出世が潰えたとおいおい泣いていた姿とは天と地の差だ。

梅応も相当驚いた様子で、餌箱を取り落としかけ、慌ててこちらへやって来た。

「朱妃、まさかこのようなところに足を運ばれるとは……。何かございましたか」

「驚いたわ。貴方がこんなところにいるなんて……」

私は首を振った。

「いえ、それよりもこの羽根を見てほしくて。禽舎にいる人なら鳥に詳しいのではないかと思ったの。なんの鳥か分かったりしない？」

「ほう、鳥でしたか。これは随分と大きな羽根ですな。しかしここには鶏や家鴨しかおりませんし……。弟にも一応聞いてみましょう」

梅応はそう言って奥からもう一人連れてくる。ひょろりとした梅応と違い、ころころと丸い宦官だ。

「梅元と申します」

しかし梅元に羽を見せても、首を横に振るばかりであった。

「申し訳ありません、鳥の種類には詳しくなく」

「──その羽根、わたくしにも見せていただけないでしょうか」

突然そんな声を背中にかけられ、驚いて飛び上がる。

振り返るとすぐ後ろに妃嬪と思しき上質な着物の女性と、お付きの宮女達がひっそりと立っていた。気配がなく、すぐそばに来るまで全く気が付かなかったのだ。

「あ、貴方は……」

「申し遅れました。わたくしは石林殿、嬪の位を授かりました胡の家の娘、玉栄と申します。朱妃にお目にかかれ、誠に光栄にございます」

つまり胡嬪ということだ。その名に間違いがなければ朱華の主人のはずである。

出来る限り仲良くなどしたくなかったが、この至近距離で話しかけられてはさすがに無視するわけにもいかない。しぶしぶ挨拶を返した。

胡嬪はやけに表情が乏しく、つらつらと抑揚の少ない独特の話し方をする。こんな出会いじゃなければ平凡顔の私からしても親近感が湧きそうな地味な顔立ちの女性だ。色合いの大人しい着物がそれに拍車をかけているのかもしれない。

嬪の立場なら入宮の儀にもいたはずだが、思い返しても記憶には残っていなかった。

「もしよろしければ、わたくしにもその羽根を見せていただけませんか。鳥を飼っていたこともあり、多少の知識は有しております」

「……ええ、どうぞ」

私は羽根を胡嬪へ渡した。

「なんと立派で綺麗な羽根でしょうか。赤い大型の鳥といえば紅鶴ですが、形としてはむしろ鷹や鷲などの猛禽に似ています。大鷲の羽根を持っておりますが、こちらの方がずっと大きいようです」

そう言いながら羽根を返してくれる。

「そ、そうですか。ありがとうございます。あの、胡嬪はどうしてこちらに？」

「ええ、鳥を飼っていたのですが少し前に死にまして。もう餌が不要になったものですから」

「そうだったのですか。それは……その、辛いことを思い出させてしまって……」

胡嬪はそっと首を横に振る。

「いいえ、命あるものですから、いつかは死ぬ定めでございます。ですが実家の兄が今もたびたび鳥の餌を送ってきてくれるもので、その度にこちらで餌の処理をお願いしているのです」

「はい、いただいた餌は、こちらで鶏らに食べさせておりますよ」

梅応もにこやかにそう言った。教育係をしていた時よりも表情がずっと柔らかく、元気そうに見える。

「そうなのですか。お兄様が……仲がよろしいのですね」

「……そうですね、後宮に上がってから一度も省親を許されず、この数年顔を見ておりませんが、折々に気にかけて贈り物をくださいます」

胡嬪は静かにそう言った。妃嬪は普通の宮女と違い、里帰りもままならない場合があるらしいが、この胡嬪もそうであるらしい。

「引き止めてしまってすみません」

「いいえ、美しい羽根を見せていただきありがとうございました。鳥の剥製も集めているのですが、それほどに赤く大きな鳥……剥製にしたらそれは美しいでしょうね。もしも生きた状態で捕らえたなら、風切羽を切ってよちよちと地を這わせてもさぞかし愛らしいことでしょう……」

そううっとりと呟く胡嬪の瞳は黒々として、深い暗闇色をしていた。

「は、はあ……」

思わずゾワッと鳥肌が立ち、一歩後退る。

「朱妃、鳥の名が分かりましたら是非ともご連絡いただけますと幸いでございます」

「え、ええ……じゃあ……」

私はそそくさとその場を後にした。やはり朱華の主人だけあって、不可解な人間である気がする。あまり関わりたくない。

思えば胡嬪の宮女達も、挨拶以外は人形のように後ろに立っているだけで一言も口を開かなかった。そんな態度まで酷く不気味だった。

後宮は黒い靄と妖だらけだし、妃嬪も宮女もおかしな人間ばかり。

しかも禽舎の近くにはやけに黒い靄が多く転がっていた。そのせいか私はなんだか酷く疲れ果て、大きなため息を吐いた。

「――と、まあ、そういうことがあったのよ」

私がかいつまんで説明をすると、雨了は緩く結わえられていた髪を解く。長い黒髪がさらりと肩を流れるのを目で追った。

「ふむ、赤い鳥の妖と消えた花畑、か」

そう呟いてくわっと大口を開け、雨了は欠伸をする。

刻限はもう真夜中だ。こんな遅くまで政務をしていた雨了はさぞかしくたびれているのだろう。大口を開けた雨了のその綺麗に並んだ歯並びと、常人より少し長い犬歯を見ながらそう思った。

「何やら気にはなるが。赤い鳥か……凶兆だと誰かが言っていなかったか」

「そうなの？」

「まあ、迷信であろう。しかしそなたは随分と妖に縁があるようだな」

「そうね。でも、私は妖より消えた花畑の方が気になるの」

土には掘り返した跡があったし、掘り返してからさほど時間が経っていないようだった。

「それって、誰かがそこに植えられている花を、ごっそり持ち去ったってことでしょう。花を観賞する目的なら茎を切れば良いだけなのに、わざわざ根を掘ってまでね」

私が考えているのは、それほど隠したかった何かがそこにあったのではないか、ということだ。それも幽霊が出るという噂話を流してまで人を近付けまいとして。

「ねえ、雨了。前にさ、子供の頃に宦官だか宮女から怖い話を聞いたって言ってなかった？　危険な場所に近付かないように脅されたって話を――」

私の言葉は、雨了に抱き込まれて最後まで言うことが出来なかった。

雨了の腕に抱かれ、背中をトントンと幼子をあやすように叩かれる。

「分かったから……もう……寝るぞ」

「ちょっと、話はまだ……！」

だが安らかな寝息で返事をされては如何ともしがたい。

（もう……仕方ないんだから）

雨了の胸に額を付けると、不思議と安らぐ。

一足先に夢の中である雨了の体は温かく、目を閉じたら引きずられるように意識が落ちた。

宮女の甲高い悲鳴で飛び起きた。

隣で寝ていたはずの雨了はもういない。手で探った寝具はとっくに温もりを失っている。私が夢の中にいる内に、さっさと外廷に戻ってしまったらしい。

勤勉なのは良いことだが、挨拶もなしとは。しかも結局、私の話は半分くらいしか聞いてくれなかったのだ。

ぷうっと頬を膨らませたが、先程の悲鳴を思い出して窓を開けた。木々や花がたくさん植えられた薫春殿の中庭からは、草いきれと共に眩しい日差しが入り込んでくる。日の高さからして、どうやら少しばかり寝坊をしたようだった。

「ねえ、何かあったの？」

私はそう言いながら履き物を外に落とし、窓枠を越えて中庭へ降り立った。ちょっとはしたないのは見逃してほしい。

中庭には目を白黒させている宮女が数人。その中には恩永玉の姿もあった。

「しゅ、朱妃！　起こしてしまいましたか。申し訳ありません」

「良いの、良いの。私こそ寝坊しちゃって。それより今の悲鳴、何？」

一人の宮女が足元を指差す。足元——正しくはそこに生えていた植物だ。花弁だけが毟り取られ、見るも無残な姿になった茎とひょろりと長い葉が残されていた。

「鬱金香の花がちょうど見頃だったのですが、朝になったらこの有様で……」

「ええ。外つ国の花なので土が合わないのか育ちが良くなく、ようやく咲いたと思っていましたのに！」

「赤い……。ああ、恩永玉が言ってた赤い鬱金香ってこの花だったのね」

恩永玉は黙りこくって、地面に落ちた鬱金香の花弁をじっと見つめていたが、慌てたように顔を上げた。

「ち、違います！　わ、私が毟ったのではありません！」

その慌てっぷりに、宮女の一人が可笑しそうに笑いながら、揶揄うように恩永玉の背中を軽く叩く。

「もちろん分かってますとも。朱妃、これは鳥の仕業ではないかと思うのです。このところ、薫春殿で赤い花ばかり摘まれたり、毟られたりしておりまして」

「赤い花ばかり？」

私は目を瞬かせた。

ここでもまた『赤い花』だ。

「ええ。片っ端から赤い花ばかり狙って。おかげでせっかくの庭が地味な色になってしまって、本当に困り物です。――ねえこの中に鳥を見た者はいなかったかしら？」

後半の言葉は宮女に向けてだった。一人の宮女が一歩前に出て、おっとりと話し始める。

「ああ、はい。見ました。真っ赤な鳥が、表の梅の木から飛び立っていったのです。梅は季節外れですので花は付いておりませんけれど、赤い花弁が何枚かその下に落ちていました。おそらく近くの木に咲いている花を、毟って食べていたのではないかと……」

「食べるって、花弁を？」

私は落ちている赤い花弁をなんとはなしに拾い上げた。花をお茶にしたり砂糖や酒に漬けたりすることはあるが、花弁をそのまま食べることはそうそうない。艶やかな赤色をしているものの、さして美味しそうとも思えないが。

「小鳥などはよく花弁を食べているのを見ますよ。花の蜜を吸ったりも。ただ、梅の枝が揺れるほどの大鳥は珍しいので、よく覚えております」

「――ふうん、赤い大鳥ねえ……」

昨日の今日で赤い花、赤い鳥と連続して同じ言葉が出てきた。それはおそらく無関係ではあるまい。

「じゃあ、私は部屋に戻るわ」

「はい、朝餉を用意するよう担当の者に申し付けます。――ですが、朱妃」

宮女は穏やかな微笑みを浮かべながら、中庭の出入口を手で示した。

「今後はあちらから出入りなさってくださいましね」

否と言うわけにはいかない。私は首を竦めて窓ではなく出入口の方へ足を進めた。

部屋に戻った私は、ずっと花弁を握りしめたままだったことに気が付いた。

「あら、これ鬱金香（うこんこう）の花弁じゃないわね」

手のひらの花弁は鬱金香（うこんこう）より一回りは小さくて薄い。色味が同じだからすぐには気が付かなかったのだ。艶（つや）やかな赤だけれど根元の方は黄みがかっており、まるで炎のような色合いだ。

この色合いはどこかで見た気がする。じっと見ていると、ざわざわと不可思議な胸騒ぎがするのだ。

私はつい先日、暇潰しにと楊益に頼んで取り寄せてもらった薬学書を取り出した。

生薬（しょうやく）に出来る薬用植物の一覧。つまり薬草の本だ。その頁（ページ）をパラパラと捲る。

「――あった」

私は手を止めた。

炎のような花。解説には非常に強力で有効性の高い植物と書かれている。薬効があるのは子房部分のみ。その種子には薬効がなく齧歯類や鳥類の餌としても使われる。薬として有効性が高いということは、使い方を間違えれば危険な植物になりうるということだ。そして、そんな植物は後宮において禁忌中の禁忌である。

「ねえ、ちょっと！」

私は慌てて宮女を呼んだ。

「誰か、急いで楊益を連れてきてくれない？　文をしたためるから、持っていってほしいの！」

パタパタと宮女の走る足音を聞きながら、私は紙を取り出した。

「あのぅ、朱妃……本当に赤い花畑が他にあるのですか。しかも、麗しの鳥の君に会えるかもしれないと？」

「可能性があるってくらいよ。少なくとも赤い花が一本もないあの場所にはもう来ないでしょうね」

手紙を書いた後は蔡美宣を呼び、二人で赤い花畑を探していた。汪蘭は見当たらず、金苑は忙しそうにしていたし、恩永玉はここのところ様子がおかしい。だから当事者でもある蔡美宣だけを連れてきたのだが、その呑気そうな顔を見ていると少しばかり不安になってくる。

蔡美宣と明倫が最初に見つけた花畑は何者かに掘り返され、植えられていた植物は全て姿を消した。

「最初に目撃した時、その妖が赤い花弁を咥えていたと言ったでしょう」

「ええ、白い肌に赤が映えて美しくて……」

「咥えていたのじゃなくて、食べていたのではないかと思うの。紅鶴なんかは赤い色素を持つ餌を食べるから、その羽が赤くなるそうよ。だからその妖も羽の色を保つために赤い花の花畑に来ているのかもしれないわ」

薫春殿の庭や周辺の赤い花はもう根こそぎやられていた。いかに広い後宮内でも数多くの花が咲いている場所など限られている。そのため赤い花畑があるのならば、そこにある花弁を狙って、赤い大鳥が再び姿を現す可能性が高い。

「なるほど。それでわたくしはどうすれば」

「こないだの自殺した宮女と宦官の話、蔡美宣はもしかして宦官の誰かから聞いたのではない？　同じ宦官が、幽霊が出るから近寄ってはならないと言っていた場所が他にもあるはずだわ。覚えていたら教えてくれない？」

蔡美宣は少し考えてから頷いた。

「ええ、そうでした。他の話は、確か……足を滑らせて塀の上から落ちて死んだ衛士が、起こしてくれと言って、近くを通る者の足を掴むのだとか」

やはり、と私は頷く。明倫もきっと同じ宦官からその話を聞いていたはずだ。そしてその話をした宦官は、かつて私にも似たようなことを話して脅してきた『あの人』に間違いない。

赤い花弁が別の種類の花弁に紛れ込んでも、色が同じならすぐには気が付かない。――それと同じように、禁忌を隠すなら、禁忌の中に。

「ですが、わたくし、むくつけき衛士は苦手なのです！」

そんな力の抜けることを言う蔡美宣に、私はがっくりと肩を落とした。

「……それは分かったから。その場所は覚えている？　そこへ案内してほしいの」

「はあ……」

蔡美宣の案内でやってきたのは後宮の端、高い塀の側だった。

後宮はぐるりと塀に囲まれている。塀は私の背の数倍の高さがあり、上部は歩哨の衛士が歩けるほどの幅がある。角には隅櫓があり、常に衛士が見張っているはずだ。

「多分、あの隅櫓から丸見えにならない場所だと思うわ。最初の時みたいに、木や生垣で一見行き止まりのようにされているか、古くて使われていない建物の陰になっているのでしょうね」

「何故そう隠すように……」

「そりゃ、隠すためよ。花畑を誰にも見られないようにね」

しばらく二人で探し回り、私は蔡美宣の呼ぶ声で顔を上げた。

「朱妃、赤い花弁が落ちています！」

そして、ようやくその場所を見つけた。

辺りには木が発酵したようなツンとした臭いがしている。

「……なんだか臭くありません？」

蔡美宣は不愉快そうに鼻を押さえた。

「おがくずの臭いでしょうね。多分、鶏の寝床にするんだわ」

木の囲いの内側に古びた小屋があり、道具類やおがくずが積まれている。

この場所なら出入りするのを隅櫓(すみやぐら)の衛士(えじ)に見られても、禽舎(きんしゃ)での仕事をしているようにしか見えないだろう。

案の定、建物のすぐ脇に塀から隠れるように赤い花の群生があった。

炎を思わせる色彩の花。間違いない。

「あ、朱妃。この花です！」

蔡美宣が赤い花に手を伸ばそうとするのを、私は止めた。

「待って、触らない方が良いわ」

「何故です。まさか毒花でもあるまいし」

「そのまさかよ」

蔡美宣は甲高い声を上げて飛び上がる。

「まあ、触っただけでどうこうなるわけじゃないけどね。――火輪草(かりんそう)と言えば分かる？」

　蔡美宣もさすがに名前くらいは知っていたらしく、さあっと青ざめた。

　火輪草（かりんそう）は薬草の一種で、花の子房を潰し、その液を精製すると非常に強い鎮痛薬となる。けれど、それと同時に陶酔する効果があり、中毒性が高い。——つまり麻薬でもあるということだ。そして精製した薬は非常に高値で取引される。だが薬になる種は迦国（かのくに）では許可のある薬草園でのみ栽培されているし、密栽培は軽い罪ではない。

「当然、後宮内に持ち込むのは禁忌ということよ」

「じゃ、じゃあ……あっちにあった花畑が消えたのも……」

　蔡美宣はカタカタと震えながらそう言った。

「そう、貴方と明倫が目撃したから、慌てて証拠を隠滅したのでしょう。蔡美宣は花を見ても火輪草（かりんそう）だとは分からず、美形の妖（あやかし）に気を取られていた。けれど、明倫は違ったのでしょう。この花の名前を知っていた。……だから、驚きの声を上げたのよ」

「で、では、明倫はあの麗（うるわ）しの鳥の君を、本当に見ていなかったと……」

「——ええ、見ていなかったわ」

　その返答と共に、隠れていた明倫が姿を現した。

顔色は悪く、目の下にくっきりと隈がある。

「明倫！」

「その鳥の君だかなんだかのおかげで蔡美宣は火輪草に気が付かなかったから、好都合だったけれど……なのに、なんで今更余計なことに首を突っ込んでくるのよ！」

明倫は悲愴な顔で私と蔡美宣を憎々しげに睨む。その肩に黒々とした靄が付いているのが見えてしまった。

「明倫は怪談話を思い出して、火輪草を植えたのが誰なのかも気付いてしまった。そして、彼らを告発するのではなく、バラされたくなかったらと脅して仲間になる方を選び、共謀して火輪草を隠したのでしょう。——昨日、爪に土が入っていたものね」

確かに明倫は蔡美宣よりも真面目に働いていたのだ。ただし、火輪草を隠すための土いじりではあったが。

明倫はチッと舌打ちをした。淑やかな宮女らしさは、もう微塵もない。

「そんな、明倫……どうして！」

「……どうしてって？　私は最初からこんなところになんて来たくなかった。お金……お金さえあれば……！」

明倫はギラギラとした目で火輪草(かりんそう)を見ていた。蔡美宣は友人の変わりようにすっかり顔の色をなくしている。

「蔡美宣も、朱妃も、ここを見られたからには帰すわけにはいかないわ……」

いつのまにか私達の退路を塞ぐように、梅応と梅元の兄弟が棒を手にして立っていた。

「やっぱり、貴方だったのね——梅応」

私は目の前の梅応達を見た。明倫と変わらないほど顔色が悪い。神経質そうな顔の目の周りは落ち窪(くぼ)み、一気に十も二十も老けたかのようだった。

「め、明倫！」

蔡美宣が震えながら友の名を呼ぶが、明倫はそちらを見もしない。

「朱妃……何故、貴方は私の邪魔ばかりなさる……私が一体、何をした……」

「ねえ、梅応、こんなことはもうやめてちょうだい」

「何もかも朱妃のせいではないですか……。出世の潰(つい)えた宦官(かんがん)の苦労を知っておいでか。多少の金を得ることくらい、見逃してくだされば……」

梅応も梅元も目をギラギラさせ、火輪草(かりんそう)を見つめている。

完全に魅入られている目だった。そして彼らにも大きくはないが黒い靄がくっ付いている。

「いいえ、それは違うの。だって——」

「黙れッ！　苦労も知らぬ小娘が！」

梅応が棒を振りかざした、その瞬間——

「かかれーッ！」

号令と共に何人もの衛士が現れる。

彼らは瞬く間に梅応と梅元に飛びかかると一瞬でねじ伏せ、取り押さえていた。

「——間に合ったな、莉珠」

さあっと、清涼な一陣の風が吹き抜けた気がする。

「うりょ……陛下！」

雨了が衛士を従え、そこに立っていた。

「嫌な予感がして急ぎ探してみればこの始末か。あまり心配させるな」

「……ごめんなさい。でも陛下なら見つけてくれるって信じてましたから」

昨晩の内にある程度は雨了に話しておいた。いくら眠くとも、雨了が私の言葉を聞いていないはずがない。そしてここに来る前に事の次第を手紙に書いて、楊益に託しておいたのだ。退路を絶たれ、梅応達に詰め寄られた時には少し焦ったが、手紙を読んだならきっとすぐに衛士を配備させてくれると確信していた。まさか本人も来たことには、さすがに私も驚いたけれど。

「——まったく、そう言われてはこれ以上強く言えんではないか」

雨了はそうぼやいて肩を竦めた。

明倫も酷く窶れた面持ちでがっくりと膝を突き、そのまま衛士に引きずられるようにして引っ立てられていく。不思議と、彼らにくっ付いていたはずの黒い靄はすっかり消え失せていた。

(やっぱり雨了の力なのかしら——)

雨了の周囲には、心地良い清涼な風が吹いている気がするのだ。

けれど結局、彼らを止めることは出来なかった。口の中に苦い味が広がる。

胸を押さえた私の隣に蔡美宣が立って、袖を引いた。

「……あのぉ、朱妃。麗しの鳥の君は……？」

蔡美宣は今まさに引っ立てられていった友人の心配よりも、美形の妖の方を気にしているらしい。しかもこの期に及んで雨了に対してシナを作り、上目遣いで秋波を送りながらとは、まさに呆れ返る。私は思わず額を押さえた。

「さあ、諦めたら。この花畑もすぐに潰されてしまうでしょうし、もう来ないかもしれないわ」

「そんなぁ……」

蔡美宣がよろめいて袖を噛みしめたその時、バサバサバサッと羽ばたきの音が聞こえた。

私は息を呑み、蔡美宣は蕩然とした声を上げる。

「ああ、あのお方がいらしたわ！」

深緋色の羽を持つ大鳥がバサバサと火輪草の花畑に降り立った。キュルキュルと鳴き声を上げつつ花弁を啄み始めたのだ。

その様子を見て私は目を瞬かせた。

「――人面鳥だわ」

「――これは驚いた」

私と雨了は面食らった顔を見合わせる。

鳥の妖は人の顔を持っていた。

確かに蔡美宣の言う通り、細面な若い男の顔である。

だが、その首から下は完全に鳥のままであったのだ。クルッと鳥独特の首の動きで頭を回し、無表情で花弁を啄む様は、顔が人間のままであるだけに酷く不気味だ。

「ね、ねえ蔡美宣、この妖で間違いないの？」

沈黙している彼女の背中をつんと突いたが、反応はない。

「ちょっと、蔡美宣……？」

蔡美宣は腰を抜かし、ずるずると地べたへ座り込んだ。

白目をむき、口からは泡を吹いている。

「……まあ、人面鳥だもの。さすがにねぇ……」

人の姿から鳥の姿に変身するのではなく、最初から人間の頭を持つ鳥の妖だったのだろう。

――蔡美宣の恋は火輪草の花弁より儚く散ったのだった。

蔡美宣は泡を吹いて昏倒したまま、むくつけき衛士達の手によってえっほえっほと運ばれていった。

妖(あやかし)の鳥は花弁を存分に食べて満足したのか、やがて飛び立っていく。

深緋色(こきあけいろ)が青空に消えていくのを、私と雨了は見送った。

妖(あやかし)には人の意思も火輪草(かりんそう)の価値も、なんら関係ないということなのだろう。ただ赤い花を求めて、食べ終われば去っていくだけ。

「火輪草(かりんそう)か……栽培も禁じられているのに、どこで種を手に入れたというのか」

「――多分、禽舎(きんしゃ)の鳥の餌(えさ)だと思うわ。穀物や種を混ぜた餌(えさ)に火輪草(かりんそう)の種が交じっていたのでしょう」

おそらく梅応や梅元は禽舎(きんしゃ)でそのことに気が付き、こっそりと栽培することにしたのだろう。

「でも、こうして鳥の餌(えさ)に交じるくらいだもの。火輪草(かりんそう)と言っても麻薬成分は極微量しかない食用の種類だと思う。それだって後宮内での栽培が禁忌なのは変わらないけれど……」

私はため息を吐いた。

彼らの見た目に、火輪草(かりんそう)を使った際に出る独特の中毒症状は現れていなかった。本人たちが使う目的ではないなら、まだ話し合いの余地があると思っていたのに、駄目だったのだ。あの黒い靄は人を凶暴にするのか、――それともあれが彼らの本性なのか。

悪い感情のすぐそばに、あの黒い靄がある。

「穏便に栽培を止めてもらえれば、私はそれで良かったのに……」

「……人は必ずしも正しいことを受け入れられるとは限らん。そしてやってしまったことも、なかったことには出来ない。……償いは、必要だ」

雨了は私を引き寄せて頭をポンポンと撫でた。

「雨了、私のこと子供だと思ってるでしょう」

思わず唇を尖らせてしまう私の頬を、雨了は笑いながら指で突く。

「そういうところが稚く愛らしいと思うがな」

ぷうっと、ますます頬を膨らませてやった。

「――あ、ねえ見て。火輪草の中に色の違う花があるわ」

その名の通り火輪草は全て赤い花だ。しかしその一輪のみ、可憐な水色をして隅の方でひっそりと花開いている。形は間違いなく火輪草（かりんそう）だ。

「なんだか色が違うだけで可愛らしいわね」

「ああ。このような色は初めて見た。土壌が関係しているのか、それとも交配で新しい色が生まれたのか……」

雨了はその水色の花を手折（たお）る。

「良いの？　そんなことして」

「もしかすると、この世にこの一本しかないほど貴重かもしれぬな。だが、どちらにせよここの花の群れは全て処分されるだろう。花を一輪摘（つ）む程度であれば構うまいよ」

そう言いながら、雨了は私の左耳の上あたりの髪に花を差し込む。

雨了の青い瞳でじっと見つめられ、やけに頬が熱くなって俯（うつむ）いた。

「そうだ、莉珠。花言葉というのを知っているか？　外（と）つ国（くに）には花を象徴する言葉で表す文化があるそうだ。同じ花でも色が違えば異なる花言葉があるのだと言う」

私は首を横に振る。

「初めて聞いたわ。例えばどんなのがあるの？」

「そうだな、火輪草なら『魅惑的』や『唆す』だな」

「唆す……確かにそんな花ね……」

明倫や梅応達のギラギラとした目を思い出してそう言った。

「じゃあこの青い火輪草は？」

「――『初恋』だ」

「そうなの？」

問いかける私に雨了は苦笑する。

「まさか。新種であれば花言葉もまだなかろう。……今のはただの俺の思い付きだ」

そう言いかけた私の額に、雨了の唇がそっと落とされた。

「何それ……まるで――」

「――うむ、莉珠には赤より青の方が似合う」

雨了は青い目を細めてそう言う。

全身が心臓になってしまったかのように鼓動が激しく音を立てるのを、私は抑えることが出来なかった。

「陛下！　ま、誠に失礼致します！」

そこに雨了付きの宦官が走り寄り、その場に跪いた。

「火急の事態にございます。大至急、外廷までお戻りください！」

雨了はすぐに皇帝の顔になり頷く。

「分かった。すぐに向かう。——すまぬな、莉珠」

「ううん……」

赤い大鳥は凶兆。不意に昨晩の雨了の言葉を思い出す。

私はなんとも言えない胸騒ぎを覚え、祖父の形見が入っている胸元を強く押さえた。

第六章

夜半、私は寝具をそっとめくり上げ、はあと息を吐いた。

「……またか」

寝具の中に、大きな蜘蛛が入れられていた。

最近、こんなことがたびたび起こっていた。ゴミやら虫の死骸やらを寝具に放り込む嫌がらせである。まだ食べ物に異物を仕込まれていないのは救いであったが。

「そもそも別に虫嫌いじゃないんだけどなぁ……」

そうぼやきながら蜘蛛をそこら辺にあった筆二本を箸のように使って、窓の外に捨てようとした。

「あら、生きてる」

どうやら今日は死骸ではなく生きていたらしい。それまで気絶していたのが目覚めたのか、色鮮やかな蜘蛛がわさわさと足を動かしている。

「今出してあげるから、ちょっとおとなしくしてて」

生きているのならと、そうっと細心の注意を払って摘み、窓の外の枝に蜘蛛を乗せた。

ついでに、ろくの餌の肉をほんの少し失敬して蜘蛛の近くに置いてやる。

「食べないかな。蜘蛛って肉食だった気がするけど。ごめんね、お詫びってことで」

蜘蛛に話しかけても意味はないかもしれないが、そう言ってから窓を閉めた。

蜘蛛が餌の肉を器用に前脚で掴んで引きずりながら枝を伝い、木々の奥へ移動していくのが見えた。その先に今の蜘蛛より巨大な蜘蛛が待ち受けている。ろくとそう変わらない大きさの蜘蛛がただの蜘蛛とは思えない。

「蜘蛛の妖、か……」

後宮内は本当に妖が多い。

私は苦笑いをして、大蜘蛛達が茂みに消えていくのを見守り、また息を吐いた。

どれも些細な嫌がらせだが、さすがに胡嬪の宮女である朱華に出来ることではない。

こんなことが出来るのは薫春殿の宮女だけである。そう思うと気持ちが重くなるのも致し方あるまい。

ろくの仕業ではないかと思ったこともあったが、ろくがこれ見よがしに獲物を置くのは枕元だ。わざわざ寝具の内側に入れたりはしない。しかもこのところ、ろくは虫を狩っている余裕もないようだった。最近、あの黒い靄がやたらと増えているからだ。

今まで小さい物なら外でもたびたび目撃していたが、薫春殿の中にはほとんどいなかった。だというのに、目撃回数が増え、その上やたらと大きいものまでうろうろしているのだ。

（後宮に何が起こっているの……）

嫌な予感というものだろうか。胸がざわざわとして落ち着かない。

だが相談しようにも火輪草騒ぎ以来、雨了の夜の訪れも途絶えてしまった。

最近は朱華のこともあり、井戸に行くのも控えているから、井戸越しの連絡も取れない。

視界の端に空の籐籠が見える。ろくは今晩もあの黒い靄を狩りに行っているようだった。

◆　◆　◆

「……朱妃、読書中恐れ入ります」

「うん、どうしたの？」

金苑が珍しく眉を寄せ、不安げに声をかけてきたので、私は読んでいた書を閉じた。

「供物を届けに行った恩永玉がまだ戻らないのです。何かあったのではと」

「え？　恩永玉が出たのは昼下がりよね？」

窓の外はもう日が傾き始めている頃合いだった。いくらなんでも遅すぎる。

恩永玉には私の代わりに、古井戸に供物として荔枝やら菓子を届けてもらっていた。

古井戸は薫春殿からそれほど遠くなく、迷うはずがない。

「ええ。あの子は真面目ですから、使いのついでで羽目を外して遊んでいるとも考えられません。突然具合でも悪くなり、どこかで倒れているか――」

「どこかの妃嬪や宮女に絡まれているかもってことよね」

「……はい」

「探しに行きましょう」

私は立ち上がった。なんだか嫌な予感がする。さっきからろくもいない。少し前に遊びに出たまま戻っていないのだ。

「私としましては、薫春殿（くんしゅんでん）の宮女を二、三人ずつで組ませて恩永玉を探させる許可を頂きたいのです。出来れば朱妃にはここでお待ちいただきたいのですが……」

「私が大人しく待つと思う？」

金苑は真面目くさった表情のまま、首を横に振る。

「いいえ、おそらくはご自分も探すと言われるでしょう。置いていけば一人で抜け出される可能性もあるかと思案しております」

「……そう長い付き合いでもないのに、よく分かるわね。その通りよ」

「恐縮です。ですので朱妃、ご同行願えますか」

「もちろん」

薫春殿（くんしゅんでん）の宮女達がパタパタと足音を立てて外へ向かう。汪蘭も見当たらないから、きっともう外へ探しに行ったのだろう。

「私達も行きましょう」

とりあえず最初に古井戸の広場へと向かった。あの場所は人がほとんど来ないから、もしその辺りで具合を悪くしていたら中々発見されないだろう。

それに無人のようでも円茘がいる。恩永玉が来てないかどうかは分かるはずだ。円茘が見えない金苑をどう誤魔化すのかだけが気がかりだったが、盛大な独り言くらいに思ってもらえないものか。

そう思って向かったところ、円茘に聞くまでもなく古井戸の手前に恩永玉が倒れているのを発見したのだった。

うつ伏せに倒れてはいるが、髪型や体付きから間違いなく恩永玉だ。

その側にはろくもいて、私に向かってじゅうと鳴いた。

「恩永玉！」

しかし駆け寄ろうとした足を止め、私は金苑の袖を掴んで止める。

「――金苑、駄目。恩永玉に触らないで」

倒れた恩永玉の背中にはあの黒い靄が張り付いていた。心臓のあたりがゾッと冷える。

「ですが、まずは具合を確認しなければ」

ろくも黒い靄に噛み付いて引き剥がそうと悪戦苦闘しているようだったが、いつもより動きにキレがない。

「ごめんなさい、金苑、ここは私に任せて、貴方は人を呼んできてほしいの。恩永玉を運ぶために戸板なんかもね。それから医師も呼んで、薫春殿に待機させて」

人を呼んできてと頼んだのはただの時間稼ぎだ。あの黒い靄に不用意に触れさせるわけにはいかなかった。

「は、はい」

金苑は縋るように私の手をぎゅっと握る。

金苑と恩永玉は同僚というだけでなく、とても仲が良いのもよく知っていた。きっと側に付いていたい気持ちを堪えているのだろう。

「朱妃、どうか恩永玉をお願いいたします」

私はしっかり頷いた。

遠目に見る恩永玉はピクリともしないが、呼吸はしているようだった。

以前助けた宮女も黒い靄を引き剥がしたらすぐに回復した。だからこれを引き剥がせば良いだけなのは分かる。けれど触ってはいけないと、勘がそう告げているのだった。

私が少し近づくと、ろくは黒い靄を引き剥がそうとしていたのをやめ、私の前に立ち塞がる。

「じゅうっじゅうっ！」

これ以上近寄るなと警告するように激しく鳴いた。だが随分と疲れているらしく、肩で息をしている。

「分かったから。大丈夫。ちょっと休もう？」

私はろくを抱き上げた。腕の中で大人しく丸くなるが、やはりいつもよりぐったりしていて呼吸が速いし、肉球が熱を持っている。

黒い靄を引き剥がそうと体力を使い果たしたのかもしれない。

私はそのふかふかの黒い毛を撫でた。

「円茘、いる？」

そう呼びかけると、円茘が泣きそうな顔で現れた。

何かを伝えたいらしく、唇をパクパクと動かしている。

「この黒い靄（もや）には触らない方が良いってこと？」

うんうん、と円茘は首を縦に振った。そして私と意思疎通が出来たことを喜んでいるのか、ちょっとだけ笑う。愛敬のある可愛らしい顔が泣き笑いになってしまっている。

「じゃあ、この黒い靄（もや）の剥（は）がし方は分かる？」

途端に円茘は困った表情になり、手と首を動かして何事かを伝えようとするのだが、はい、いいえで答えられることではないからか、さっぱり分からない。

「ごめん、全然分からない……」

何も出来ない自分が情けなくなる。円茘も身を捩（よじ）り、伝えられないことを苦悩するみたいに唇を震わせる。

どうすれば彼女の言葉が分かるだろう、そう煩悶（はんもん）する私の背後で声がした。

「ほう、井戸守をも懐柔（かいじゅう）したか」

「だ、誰っ⁉」

「さすが、当代の愛妃よの……」

——それは遠い記憶のどこかで聞いた、老人の声。

「……この声……まさか」

振り返った先には老人がいた。

真っ白い髪と山羊のように伸ばした同じ色の髭。髭もあるし、着物も道士特有の八卦衣で、どう見ても宦官には見えない。

後宮に流布している白髭の老人の幽霊。私もかつて、その後ろ姿だけを一瞬見た。特に害のない幽霊の妖なのだろうと思っていたが、違う。

間違いない。私の祖父、朱羨の友人であった壁巍——祖父が壁道士と呼んでいた、その人であった。

最後に会ったのは祖父の葬式。それから数年経っているけれど、元々老いていたとはいえ、当時と何一つ変わっていない。

枯れ木のような老人ではあるが、背中は曲がっておらずシャンと伸びている。瞳は老人と思えないほど澄んで、まるで深い湖を覗いている気分にさせられた。

「な、なんで、ここに……ええと、そんなこと聞いてる場合じゃない」

私は首をブンブンと振った。今は突然現れたこの男に驚くよりも先に、やらねばならないことがある。

私は倒れた恩永玉へと視線を向けた。彼女をこのままにしておくわけにはいかないのだ。

「そうさな。朱羨の孫娘よ。おまえさんはそこに倒れている娘を助けたいか」

「助けたいに決まってるじゃない！」

そう、確か壁道士も私と同じように妖が見えるのだと、祖父が言っていたはずだ。

「壁道士、黒い靄をどうやって取るのか、知っているのなら教えてください！」

藁にも縋る気持ちで私はそう願った。

壁道士はかつて、私が妖に連れ去られないようにと術を施してくれた。そのきっかけとなった一件――私に鱗をくれた、人魚の妖を思い返し……ハッとした。

あの妖は青い瞳をしていた。容貌も、青妃をそっくりそのまま幼くしたような……

何故、今まで気が付かなかったのだろう。青妃によく似た人がいるではないか。豪奢な着物や女のような長い髪、そして稀有な青い瞳さえ持った人が、私のすぐ側に。

――カチリ、と全てが繋がった。

嫌な予感が膨れ上がり、祖父の形見が入っている胸元を押さえる。

数年前に会ったきりの壁道士が突然現れ、私はすっかり混乱していた。だがこの人は敵か味方かどうかはさておき、あまり信じない方が良さそうだ。

　私はなるべく距離を保ったまま老人を睨む。

「……十年前、貴方が妖(あやかし)だと言ったのは妖(あやかし)じゃなかった」

「ほう。では、なんだ？」

「あれは——雨了だった！」

　足に怪我をしていた美しい少女——いいや、あれは青妃の着物を纏(まと)った雨了だった。かつて私が助けたのは青妃ではなく、雨了の方だったのだ。

　宝石のような青色の瞳と、零(こぼ)した涙を思い返す。そう、間違いない。

　十年前、雨了達は刺客に命を狙われ、おそらくは青妃と着物を交換して逃げたのだろう。

　互いに子供の時であれば、入れ替わるのも難しくはない。現在は男女の差があるものの、従兄妹だけあってその風貌にも似通ったところがある。性差が少ない子供の頃ならなおのこと。当時は兄妹か、もしかしたら双子のようにそっくりだった可能性さえある。

　そして雨了は龍の先祖返り。目がたまに青くなるのも、当時、首に鱗(うろこ)が数枚生(は)えていたのも、不思議ではあるがそれほどおかしくはない。

だから私が持ち帰った鱗も、妖のものではなかった。

そのことを、こんな風に神出鬼没に後宮へ出入り出来るような人が全く見抜けないとは思えない。

つまり、嘘をついて雨了の鱗を私から取り上げ、術か何かで妖を見えないようにした。私だけでなく祖父のことまで騙していたということになる。

「そこまでは知ったか。おまえさん——ええと朱莉珠だったか。儂がおまえさんを守ろうと思ったのは決して嘘ではない。数少ない友人の孫娘であったからな」

壁道士の瞳が青く光った。

「……その目。何者なの」

その青い光は、私から雨了の鱗を取り上げた時と同じだ。そして、雨了や青妃とも同じ瞳。

「儂が何者かと問うたな。それから何故、ここにいるのかも。では答えをくれてやろう、朱莉珠よ」

青い瞳が私を見据える。

「それはな、儂(わし)がこの後宮を作ったからだ。……もう何百年も昔のことになるがな」

「何百って……そんな」

「儂(わし)は人ではない。人とは比べ物にならんほど長い寿命を持つ。この老いた姿とて本当の姿ではない」

それは不思議な光景だった。壁道士の肉体が変化し、しゅるしゅると時間を遡(さかのぼ)っていく。皺(しわ)がどんどんなくなり、山羊(やぎ)のような長い髭(ひげ)が短くなった。

――若返っていく。

皺々(しわしわ)の枯れ木のような老人だった壁道士は、瞬(また)く間に青年の姿になっていた。

顎にも髭(ひげ)はなく、髪は白いままだが老人の髪とはまるで艶が違う白銀色。

雨了にどことなく似た面影(おもかげ)のある美丈夫がそこにいた。

雨了より幾つか年上に見えるが、もし髪の色が同じであれば兄弟にも見えたかもしれない。

「……儂(わし)こそが迦国(かのくに)初代皇帝……その愛妃の父親だ」

「皇帝じゃなくて、愛妃の……父親？」

壁道士は唇を吊り上げて笑う。その笑い方まで雨了に似ている気がした。

「そうとも。儂は雨了の先祖にあたる混じりけのない本物の神獣――龍なのだ」

突拍子もない話ではあるが、目の前で老人が若返ったのを見てしまった。

「ここ、後宮のある場所こそが龍穴。龍の力の源よ。我が娘がこの国の初代皇帝に惚れ込み、愛妃として嫁ぐことになった際、龍の血を引く子孫達が健やかに暮らせるよう作ったのだ」

細部は違うものの、皇帝の血筋に龍の血が混じっているのは真実らしい。

「そ、それは分かった。貴方がすごい人、ううん――龍なのも。で、でも、今はそれどころじゃなくて」

「その倒れている娘を助けたいのだろう。儂は龍だ。その娘に憑いた淀みくらいであれば簡単に消せるが」

「じゃあ助けてください！」

壁道士が何者であるかより、まずは倒れた恩永玉を助けなければ。

壁道士は髭のなくなった顎を撫で、ふむと言った。

「構わんが、この地にいる以上、淀みはまたすぐに溜まるぞ」

「根本的にどうにかしないといけないってこと？　じゃあ、それはどうすれば良いんですか」

「そうさな……じきに日が暮れる。明日、太陽の昇る頃、またこの場所に来ると約束するなら、その娘の淀(よど)みは今すぐにも消してやろう」

「……分かった。約束するから、恩永玉を助けて」

私が頷くと、壁道士は恩永玉へ近付く。そして、ろくですらあれほどてこずっていたのに、彼女の背中を覆(おお)う黒い靄(もや)を指で摘(つ)んだだけであっさり引き剥(は)がした。しかもそれを団子のように丸め、大口を開けてパックリと呑み込んでしまったのだ。

口を開けた時、犬歯と言うには長過ぎる牙が見えた。鋭く、人の歯とはまるで形が違う。――本物の龍の牙。

「これで良いな。この娘も少しすれば目を覚ますだろうさ」

「あ、ありがとうございます。明日の朝、ここに来れば良いのね」

「ああ。龍との『約束』は決して違(たが)えるでないぞ」

壁道士――壁巍は軽々と古井戸の枠を乗り越えると、井戸の中に音もなく落ちていく。

「うぇえっ⁉」

慌てて井戸を覗き込むが、暗い水面(みなも)がただゆらゆらとしているだけである。

人でないのだからおそらく大丈夫なのだろうけど、心臓に悪い。

「う……」

「恩永玉！」

倒れていた恩永玉が呻(うめ)き声を上げる。

私は彼女のもとへ走り、助け起こした。

「しゅ、朱妃……？」

「そうよ。もう大丈夫。無理して立たなくて良いから。金苑が人を呼んでくれているわ」

「朱妃……すみません……」

「良いのよ。こんなところに倒れていたから驚いた。迎えに来るのが遅くなってごめんなさい。すっかり冷えちゃってる」

私がそう言うと、恩永玉はポロポロと涙を零(こぼ)しながら首を横に振った。苦しそうに身を捩(よじ)る。

「ち、違うのです……私……私は……朱妃に嫌がらせをしていたのは……わ、私なのです。申し訳……ありません……」

恩永玉の告白は、すぐに人を呼んで駆けつけてきた金苑が戻ってきたことで有耶無耶となった。

医師にも見てもらったが、貧血か過労とのことではっきりとした原因は不明のままだ。しかし、あの黒い靄のせいであるのは私には分かっていた。現に恩永玉もみるみる回復し、すぐに丸い頬に元通り赤みが差していた。けれど、彼女は刑を執行される前の罪人のような面持ちである。

私は恩永玉から詳しい話を聞くため、彼女と一番親しい金苑を残し、部屋に三人だけとなった。

寝台から身を起こした恩永玉はずっと泣いていたのか、泣き腫らした目をしている。

「――申した通りです。朱妃の寝具にたびたび虫の死骸を入れていたのは、私なのです」

「真面目な貴方が……どうして！」

私は、大きな声を出した金苑を止め、俯く恩永玉に向き直った。

「ねえ、恩永玉。誰かに脅されたの？」

私の言葉に、恩永玉は弾かれたように顔を上げた。

「私は貴方の真面目で丁寧な仕事ぶりを評価していた。貴方個人には動機がないでしょう。……誰に、脅されたの？」

「私……」

せっかく涙が止まっていたのに、その瞳にみるみる水滴が溜まっていく。

恩永玉はそれをぐしぐしと拭って顔を上げた。

「わ、私の家は、金苑や他の宮女の方と違って、そう大きくないただの商家です……。朱妃にお仕え出来たのは何かの間違いではないかと思うほどの。ですが、朱妃の姉上というお方が、言うことを聞かないと実家の店を潰すと……。一度は断りましたが、その後、実家から手紙が来たのです。大口の取引に失敗してしまったから、少しで良いから仕送りをしてほしいと……」

「朱華……」

「あの両親が恥を忍んでそんなことを私に頼んでくるなんて……余程のことなのだと

思ったのです」

想定していた通り朱華の名前が出たことで唇を噛む。

あの女が、ああもあっさりと引き下がるはずがなかったのだ。朱華はここではただの宮女ではあるものの、皇帝の愛妃——つまり私と血が繋がっているのも事実。朱家は没落しかけているようだが、元々名の知れた役人の家でもあるし、朱華には取り巻きもいたはず。その辺りの人脈を使ったのかもしれない。容赦のなさは母親譲りなのだろうか。

その割に私への嫌がらせが高々虫を入れる程度なのには違和感があった。虫嫌いな朱華らしいといえばそうなのだが。

「それでも断るようなら、後宮からも追い出すと言われ……私は恐ろしくなって、言われるままに嫌がらせをいたしました。実家の店が傾き、更に私まで職を失っては幼い弟妹を飢えさせてしまうと……」

そうして、朱華の手先となって私に嫌がらせをし、その罪悪感で黒い靄に取り憑かれたということなのだろう。思えば少し前から様子がおかしかった。それに気が付けなかった私の失態でもある。

金苑はその告白を聞いて、先程まで倒れていた恩永玉よりも余程真っ青な顔でワナワナと震えている。

「しゅ、朱妃……恩永玉のせいではありません……どうか寛大なご措置（そち）を！」

「いいえ。やったのは確かに私の意思なのです。本当なら何を言われようとも突っぱねなければならないことでした。妃付きの宮女だけは、何があろうとも妃の味方であらねばなりません。なのに愚かな私は実家を優先した。そこに付け込まれたのです。朱妃、本当に申し訳ありません……。いかようにも罰をお受け致します」

　恩永玉は涙を堪（こら）えて深々と頭を下げる。

　普段は冷静な金苑であるが、仲の良い恩永玉のことに関してはその冷静さも失ってしまうようだ。唇を噛み、震えていた。

「そうね。脅されていたとはいえ、なかったことにするわけにはいかない。金苑、恩永玉のしたことは罪なのだと私は思う。たかが虫だから、毒がないからと、そんな風に許してはならないし、甘やかすわけにもいかない。ここで許してしまっては、他に示しがつかないでしょう」

「はい……その通りです」

噛んで含めるように言わずとも、金苑は分かってくれた。彼女の元々の冷静さで堪えているのだろう。それでも平気なはずはなく、青い顔を俯けている。

「それじゃあ、罪状を言い渡すわ」

「はい……。覚悟は出来ております」

恩永玉は全てを受け入れているらしき静かな瞳でそう言った。こんなに優しく、芯の強い恩永玉にも、あの黒い靄は取り憑いてしまう。

私はふう、と息を吐いてから唇を開いた。

「――まったく、恩永玉にはがっかりだわ。ろくが狩った虫の死骸が怖くて、片付けが出来なかったなんて！」

「えっ……？」

ぽかんとする恩永玉に、私はビシッと人差し指を突き付ける。

「これからはちゃんと始末をすること。寝具の中もしっかり確認をして。良いわね」

「しゅ、朱妃？」

「掃除が出来ていなかったことへの罰として、これから一週間は通常の仕事に加え、庭の草むしりと水汲みを恩永玉の仕事とします。あ、一応、明日一日は大事をとってゆっくり休むように。だから明後日から一週間よ。一日たりとも短くしないんだから。その間、私の付き添いもさせない。以上！」

恩永玉は目を見開いて、言葉が出ないとばかりに口をパクパクとさせている。金苑は目を潤ませて袖で顔を覆ってしまった。

「しゅ、朱妃、あの」

「いいえ。これ以上はなんにも聞きません。大体、薫春殿には宮女が少ないんだもの。これからもビシバシ働いてもらわなきゃね」

「――あ、ありがとうございます……」

やっと乾いた恩永玉の瞳から、またも涙が零れた。大粒の雨のような涙がはたはたと恩永玉の袖を濡らす。

恩永玉のしでかした罪はなくなるわけではない。けれど、追い出すだけでは重宝していた宮女が一人減るだけ。私が不便になるし、他の宮女も人数が減った分負担が重くなる。新しい宮女を入れるにしても、朱華の息がかかっているかもしれないと疑わなければならない。全てが朱華の思い通りになってしまうのはとにかく腹立たしかった。大体、恩永玉を処罰したところで朱華は痛くも痒くもない。

黒い靄がなくなった以上、再び脅されたとしても恩永玉だってもう言いなりにはならないはずだ。

「それじゃ、話は終わり。それからこれは一応なんだけど、恩永玉のように急に具合が悪くなった宮女がいたら、介抱するにも触らないで、まず私を呼んでほしいの。あと、なんでも良いから様子がおかしい気がした時も。これは薫春殿中の全ての宮女に伝えて」

「え、はあ……それだけでよろしいのでしょうか」

「ええ、とりあえずはね。それから、貴方達にはこれからも私の味方でいてほしい」

「朱妃……かしこまりました。朱妃に健やかにお過ごしいただけるよう、これからも心を尽くして努めてまいります」

「はい、私もです。私はいつまでも朱妃について参ります」

「うん、よろしくね」

嫌がらせをろくのせいにしてしまったけど、それ以外は概ね丸く収まった。

ろくはほんのちょっと不満げに、じゅう、と鳴いた。

こちらはなんとか丸く収まったものの、依然として朱華の動向は危険である。特に恩永玉の実家へ圧力をかけるなど、少々度を過ぎている。

身内のことで恥ずかしい限りだが、雨了にも打ち明けた方が良いのかもしれない。だが雨了は忙しくて連絡がつかないのだ。であれば楊益に頼んで、また手紙を託す方が良いか。

それだけでなく、私は明朝にあの古井戸へ向かわなければならない。しかし一応は妃である以上、簡単に抜け出せるとは思えない。

考えることが多すぎる。

私は小さく息を吐いて、窓から覗く日の沈み切った暗い空を見上げた。

気が付けば外でもしとしとと雨が降り始めている。雨音もしないような細かな霧雨だった。

その霧雨と共に久方ぶりの雨了の訪れが告げられた。

先触れの通りに雨了がやって来たのは夜半過ぎのことだった。雨避けの外套(がいとう)を霧雨でしっとりと濡らしている。

雨了の訪れが遅くなるのはよくあることだが、今夜に限ってはいつもと様子が違う。着物もまだ政務時のまま、長い黒髪もきっちりと結い上げている。

「……何か、あったの？」

いつも通り二人きりになってから、私はそう尋ねた。

雨了の顔色がどことなく悪く、切れ上がった眦の下には薄く隈がある。

朱華のことを相談したかったが、この状況では切り出せそうにない。

雨了は大きく息を吐いた。

「ああ、これからしばらく忙しくなりそうでな……そなたには先に言っておこうと思うてな」

その声だっていつもより張りがない。

雨了は少し躊躇うように目線を彷徨わせてから唇を開いた。

「……どうも西方の馬理がキナ臭いのだ」

「馬理国って、西方にある従属国の？」

ずっと西方にある馬理国は国土は広いが大部分は荒地であり、遊牧民族の国であるという。かつては領土争いで揉めたこともあったが、それはもう百年程前のはず。書物で知った程度の知識だが、それを言うと雨了は頷いた。

「そうだ。だが、間諜からの報告でおかしな動きが見られるとあった。あの国は女や老人でも馬に乗り、有事には戦力となる。だからこそ民が傷付く前にその芽を刈らねばならない」

不安に胸がざわりとした。

雨了はいつもの通り私の頭をポンポンと叩く。

「なに、まだ戦になると決まったわけではない。出来るだけ回避したいと思うている。だがそのためには俺が行かなければならないのだ」

「雨了が行くの……!?」

「前線にではないがな。しかし俺が後方にいれば兵を鼓舞することが出来、馬理へは牽制となる。幸いにして太上皇――俺の母はまだ健在であるし、俺の留守の間の政務も任せられる。それに俺はまだ皇帝として若輩だ。いずれあるやもしれぬ本格的な戦の予行練習にもなるだろう」

「で、でも、いくら後方でも危ないんじゃ……」

「危なかろうとも、皇帝として国を背負う以上、行かねばならぬこともある。兵は常に前線で戦うのだぞ。俺だけのうのうとしているわけにはいかない。俺は国を守らねばならないのだ。民も、そしてそなたのこともな」

私はなんと声をかけて良いか分からず、黙って雨了を見上げることしか出来ない。

「――そのような顔をするな」

そう優しい声を出すが、私の頬を撫でる手は冷たい。

私はこれ以上心配させないように、喉の奥からいつもと同じ声を絞り出した。

「つ、冷たいってば。雨で冷えたのかな。何か温かい飲み物を用意させようか」

「いや」

雨了は首を横に振り、私の前に膝を突いた。

雨了は身長が高いから、そうして膝を突くと互いに立っている時よりも目線が近くなる。

綺麗な顔だ。もう何度も見てるのに、近くで見ると鼓動が速くなってしまう。少し隈があってもその容貌に陰りはなく、むしろ色気が増してさえいて、私は胸を押さえて目を逸らした。

瞳は、今日はとりわけ鮮やかに青く光っている。その目が青ければ青いほど、雨了の気が昂(たかぶ)っているのに気が付いていた。きっと、出陣前で緊張しているのだろう。雨了はこう見えて根っこはわりと繊細だ。

「実は、もう行かねばならぬ」

「い、今から？　こんなに遅くに？」

「そうだ。明朝には出立となろう。陣を敷く予定の場所まで、どれほど急いでも十日はかかる。長きの不在となる」

「うん……」

「だから、出立前にそなたに会いたかったのだ。そなたの顔を見ておきたかった」

「そんな……今生の別れみたいなこと……やめてよね」

「勿論、そんなつもりなどないに決まっておるだろう！」

雨了は突然大きな声を出し、私の両頬を両手でぐにっと引っ張った。引っ張られて伸びた頬が痛い。

「いっ、いひゃい！」

「ははは、餅のように伸びるな！」

雨了は手を離してカラカラと笑う。

さっきよりも元気が出たかのような大きな声だった。空元気なのはお互い様だ。

私は引っ張られて痛む頬をさする。

「良いか、俺は必ず帰る。しばらく会えない間も、しっかり食べて大きくなるのだぞ。いや、十日や二十日程度では変わらぬか。再び茘枝を送らせるか？」

「もう！　子供じゃないってば！」

私は雨了の肩を叩く。パチーンと良い音がして、また雨了は笑う。

出立前の忙しい時だというのに、少しでも私に会いに来てくれたことが嬉しかった。

雨了が行ってしまうと、まるで雨了が雨雲を連れてきたかのように霧雨もやんだ。

けれど心は晴れないままだった。

第七章

ほんの少し、うとうとと眠ると、太陽がそろそろ出ようかという刻限だった。

雨了の出立は間もなくのはずだ。そう考えたら胸がぎゅうっと苦しくなる。だが雨了は無事に帰ると約束した。私はそれを信じるしかない。

僅かばかりの寂寥感(せきりょうかん)を胸に、私はそうっと薫春殿(くんしゅんでん)を抜け出すことにした。

昨夜の雨はとうにやみ、地面も乾きつつあった。明け方の空は雨了の目の色のような深い青、それから明るい水色の帯に、紫色や橙色の薄雲を流したような複雑極まりない色合いをしている。

朝焼けは綺麗だが、春の朝焼けは雨が降る予兆だ。そう祖父から聞いたことをふと思い出した。これからまた雨になるのかもしれない。

寝ずの番をしている宮女に見咎められないよう、そうっと窓の欄干を越え、こそこそと中庭の方を通って裏口から出る。

「……朱妃」

その声にぎくりと肩を震わせて、おそるおそる振り返ると汪蘭が立っていた。まだ早朝だというのにいつも通りに着物や髪型を完璧に整えた状態で、困ったように眉根を寄せている。

「お、汪蘭……」

「朱妃、このような朝早くに――」

「ごめんなさい、見逃して。約束をしているの。すぐに戻るから」

私は汪蘭が話すのを遮って一気に言い放った。汪蘭には嘘やごまかしよりも、正直に話した方が良い気がしたのだ。

「……井戸のお方のところに行かれるのでしょう」

「なんで知って……」

「何事かがあったのだと伺いました。それに凶兆の赤い大鳥もいたと……」

汪蘭はそれを言うと、決心したかのように胸のところで手を組んだ。

「何やら胸騒ぎがして……朱妃が心配なのです。途中までで構いません。どうか私も連れていってください。私は手前のいつものところでお待ちしておりますから。この通り、ろくも共に行きたいと」

ろくもつられて起きていたのか、いつの間にやら汪蘭の足元におり、いつもの調子でじゅう、と鳴いた。

見つかってしまった以上、このまま連れていった方が良いだろう。

私は汪蘭に頷いた。

いつも通る大通りもこんな早朝には、誰も歩いていない。だというのに、相変わらず黒い靄の塊があちらこちらに転がっている。

「……このところ、後宮の様子がおかしい気がするのです」

汪蘭も薄々と気が付いている様子だ。不安そうに胸の前で手を組んだままだった。

「まるで十年前のあの頃のようで――」

汪蘭が言う十年前とはきっと、雨了のお父さんである皇帝が亡くなった頃なのだろう。

「あの時も凶兆の赤い大鳥を見たと申す者がおりましたし、体調を崩す者や様子がおかしくなる者も多くて……」

「うん……。信じてもらえるかは分からないけど、私の力でなんとか出来るものならしたいって、そう思ってるの」

「私は朱妃を信じておりますよ」

そう穏やかに微笑む汪蘭に私もちょっとだけ笑い返した。

「それじゃあここまでで良いわ。ろく、お前は汪蘭についていてくれる？」

井戸へ行く途中の小道で汪蘭達と別れる。

「じゅうっ！」

「はい。朱妃が戻られるのをお待ちしております」

ろくは任せろとばかりに胸を張る。汪蘭は壁巍のことなど知るよしもないだろうが、それでも心配そうに私を見送ってくれた。

朝露の付いた草を踏み分けて、古井戸の広場へと出た。

古井戸の前では壁巍が私のことを待ち受けていた。

少し離れたところに円茘もおり、私を見て一瞬微笑むが、すぐに複雑そうに口を閉じる。うん、今日は甘味はなしです。

壁巍は昨日と同じく、若返った青年の姿である。白い絹糸のような髪が朝の光を弾いていた。雨了によく似た青い瞳でこちらを見て鷹揚に頷く。

「来たか」

「ええ。約束だもの」

そんな仕草にまでどことなく雨了に似たものを感じて、私は心の中でかぶりを振った。遠い祖先であろうとも全くの別人だ。

「それじゃあ教えて。あの黒い靄――貴方が淀みと呼んでいたあれを根本から断つにはどうすれば良いの？」

「まあ待て。おまえさんはあれが一体なんなのか分かっておるのか？」

「何って……あの黒いのが原因で体調が悪くなるんじゃないの？　悪いことを考えると張り付いてくるのかしら」

壁巍は雨了に似た顔を少し傾けてこちらに向けた。

「そうさな、間違いではない。まずあの淀み——おまえさんには黒い靄に見えるのだったか。あれはたとえるなら細かい砂粒のようなものだ。動くこともあるが、一粒一粒には意思も害もない。古くなった物や人の感情、この世のありとあらゆるモノから発生する。まあ埃にたとえても良いがな。毎日どんなに掃除をしていても気が付けば埃が落ちているだろう」

「ああ、それが集まって、黒い靄の塊になるわけね。埃の塊みたいに」

私は頭に埃の塊を思い描いて頷く。

「そうだ。埃の一粒にはなんの悪さも出来やしないが、集まれば咳の原因になったり、虫が湧いたりするようなものだ」

今まで小さい黒い靄ならそこら辺によく転がっていた。ろくはそれを退治してくれていたが、言うなればあれは掃除をしているみたいなものなのだろう。

「それらが集まり、凝り固まったものが淀みだ。だが、人や獣にくっ付いたとしても即座に害するわけではない。放っておけば勝手に浄化され、いずれ空へ飛んでいってしまう」

「それなら触っても平気なの？」

「触れずに済むならそれに越したことはない。体内の気の巡りに良くはないからの。問題はくっ付かれた側が、重く悪い感情を持っていた場合だ。悪い感情は淀みを引き寄せやすい。そして張り付けばそう簡単には剥がれん。油でベタついた上に埃が付けばそうそう落ちんようにな。それが淀みに取り憑かれるということだ」

なんだかやけに庶民臭いたとえだが、確かに分かりやすい。

「人を恨む、嫉妬をする、罪悪感に悩み苦しむ。そんな考えに囚われた人間が淀みに憑かれると、今度は淀みから新たな淀みが発生するようになり、悪循環をなす。そういった人間は、おまえさんの目には大きな淀みが張り付いているように見えるだろうよ」

「――それ、見たことあるわ」

それはおそらく、あの朱華の背中にびっしりと張り付いていた淀みのことなのだろう。前面は一片の汚れもないほど綺麗なのに、背後はあれだけ淀んでいた朱華。その内側は私への悪感情でいっぱいなのかもしれない。そう思うと口の中が苦くなる。

「淀みに憑かれると、初期症状として酷く悲観的になったり、愚かな考えに支配されたりする。夜眠れなくなり、食事が喉を通らない、または異様なほどの偏食を起こすなどして体調を崩す。体内の気も食われるから突然失神することもある。昨日倒れていたあの娘もそれだ。そうして更に淀みを出して増殖し、淀みに取り憑かれる人間を増やしていく」

「……なんだか病みたいね。人から人に感染する病気ってあるでしょう」

壁巍は軽く頷いた。

「確かに似ているかもしれん。淀みに深くまで取り憑かれた者は、常に淀みを垂れ流すようになる。その頃にはもう初期症状は収まっているが、周囲の不和を誘ったりもする。人が変わって見えることもあるだろうが、これは淀みに操られているのではない。その人間が己の意思でやっていることだ。淀みが理性を弱めるからであろうな。そしてもっと進めば体内まですっかり淀みに食い荒らされる」

「く、食い荒らされると、どうなるの……？」

恐ろしい言葉にゾクリと体が震える。

「……もう手遅れだ。無理に引き剥がせば肉体が持つまい。まあ、さすがにここまでなるには相当の年月がかかる」

では放っておけば、朱華も淀みに食い荒らされてしまうのだろうか。

「淀みが何かは分かった。それじゃあ淀みを消したり、取り憑かれた人をどうにかしたりするにはどうすれば良いの。わざわざ呼んだってことは、どうにか出来るのでしょう。最近、やけに淀みが多い気がして。背中にくっ付けている人だって何人もいたし」

「まったく、おまえさんは答えを急かしすぎだ。そんなところばかり朱羨に似よって！」

私の言葉を聞いた壁巍はうんざりしたように肩を揺する。その仕草は若返ってはいても、かつて見た老人姿の壁巍と同じだった。主に祖父との碁の勝負で、負けそうで苛ついている時の仕草だ。

「淀みには集う性質がある。小さいものが集い、合わさって大きくなる。そして、光に集う羽虫のように、強い力場にも引き寄せられてしまうのだ」

「それが、ここってこと？」

壁巍は尤もらしく頷く。

「ああ、そうだとも。ここは龍穴だと言っただろう。元より力が溢れている土地であるからの。そも、この後宮は龍気が無駄に外へ漏れ出さないよう結界にもなっておる。

結果として入ってきた淀み も出ていかず、溜まる一方というわけじゃな。おまえさんは淀み以外に、ここに引き寄せられた妖を見なかったか？　ここは雨漏りし放題の、穴だらけの屋根のようなものだからな。良くない妖も勝手に出入り出来るようになってしまった。元々、後宮内で発生した妖や、おまえさんが連れている妖らは別としてな」

「――そうね、大蜘蛛や、赤い大鳥なんかを見たわ。顔が人間の……」

「人面の赤い大鳥……であれば鴸なる妖であろう」

壁巍は顎を撫でながらそう呟いた。

「ふうむ、思っていたより良くないな。鴸が後宮に飛来する時は何事かある。あれ自身は害のある妖ではないが、泥の中に住む魚のように淀みの多い場所を好む。凶兆であり、現れると人心が荒れ、追放される者が増えるのだとも言われておるが」

追放、その言葉に思わず明倫達のことが頭を過る。彼らもまた淀みに取り憑かれており、私には助けることが出来なかった。

「儂が思っていたより淀みが大きく育っているようだしの」

「ねえ、それはどうにかならないの？　この後宮は壁道士が作ったのでしょう？」

そもそもなんでそんな作りにしたのだ、と問い詰めたい気分である。

「それこそが、おまえさんを呼んだ理由なのだ。朱莉珠。当代の龍の愛妃よ――」

その双眸が青々と光った。

「正しき龍の力を持つ者は龍気を放出する。さすれば人に取り憑いた重い淀みすらも浄化され、余った龍気は龍穴へ蓄積される。龍穴へ満ちた気は人の矮小な肉体に収まりきらない力を安定させる効果もある。そういう良き循環になるように儂が作ったのだ。正しい循環をしておれば鵂のような妖も、滅多なことでは寄り付かん」

「じゃ、じゃあなんで今は上手くいってないの？」

私の問いに、壁巍は青い瞳を冷たく光らせ、私を見下ろす。

「おまえさん達の罪のせいだ。未熟な愛妃よ」

「わ、私の――？」

未熟な愛妃。その言葉は私の心に突き刺さるかのようだった。

「先祖返りの雨了は歴代の誰より龍に近く強い力を有している。その強い光に淀みは常より多く集まる。だというのに雨了は龍気を上手く放出することが出来んままだ。故にこの地に淀みだけが増えていく。――全て、雨了が鱗を失ったせいでな」

「雨了の鱗……それって……」

「ああ、おまえさんが受け取ってしまったのだろう。あの鱗は稚魚の龍が力を制御するのに必要なのだ。そして成長と共に自然と剥がれていく。全て剥がれてようやく成体となる。その自然に剥がれた鱗を己が真名と共に番に渡す。それが本来の龍の求婚の方法——番の儀式である。だが十年前、おまえさん達は知らない内に間違いを犯したのだ」

十年前のことを私は思い返した。

雨了は治療のお礼にと、あの綺麗な鱗を剥がし、私はそれを受け取った。

ただそれだけだったはずだ。なのに。

「……雨了も幼く、知らず知らずの内に本能でやったのだろう。番だと感じ取ったおまえさんを手放したくない、その一心でな。だが、知らなかったでは済まされない」

——たったそれだけのことが、決して許されないことだった。

「だから、儂はあの時、名前を名乗ったか聞いたのだ。雨了もおまえさんもまだ幼すぎた。番の儀式が完成してしまっておれば、龍の力を全く扱えない雨了は暴走し、おまえさんの命すらも危うかった。また、おまえさんとの繋がりを一旦絶ち、記憶を曖昧にさせなければ、大切な人間を失ったばかりで酷く不安定な雨了が、番への執着から何をしでかすかも分からんかったからな」

「じゃあ、雨了の記憶の欠落は……」

「儂がやった。なんとか十年は保ち、その間に鱗の内、九枚は自然に剥がれた。だが、おまえさんに渡された一枚が足りないために、この後宮の循環は滞り、力が半減した雨了は今も未熟な龍のままなのだ。故にこの地の淀みも増える一方だ」

私はその言葉に眉根を寄せて声を上げた。

「待ってよ！　でも、その鱗は貴方が取り上げたはずでしょう。それなら……」

「龍が剥がした鱗を再び貼り直せるのは、その愛妃たるおまえさんだけだ。だがおまえさんが鱗を持っている限り、雨了はおまえさんをすぐに見つけ出してしまうだろう。――だから一旦隠したのだ。そして儂はおまえさん達が真に龍と番としての絆があるのなら、いずれおまえさんの掌中に鱗が戻るよう、呪いをかけた。さて、鱗を取り戻せたか」

「――いいえ」

それは、私はまだ雨了を本当に愛せていないということなのか。それとも雨了が私を愛していないのか。

壁巍は私を見下ろして、静かに言う。

「……そうか。では、雨了は遠からぬ内に――死ぬ」

「え……?」

死ぬ――その言葉にくらりと地面が揺れて、気が付けば私は地面に膝を突いていた。

壁巍は倒れ込んだ私に構わず話を続ける。

「体内の龍の力が不安定過ぎるのだ。記憶を弄って先延ばしにしただけだからな。しかも愛妃が側にいては、龍の力が活性化する一方だ。だが人の肉体に龍の力は強大過ぎる。小さい革袋に大量の川の水を注ぎ続ければ破裂してしまうように、いずれ肉体の方が持たなくなる。雨了だけで済めば良いが、周囲をも巻き込む可能性もあるのだぞ」

「ど、どうすれば……」

私は膝を突いたままそれを聞いた。酷く気分が悪く、空気が薄いような錯覚が起きる。何度息をしても苦しい。倒れ込んだ時に打ち付けた膝がじんと痛む。でも、それよりも胸が痛くて堪らなかった。

「……雨了を救うには二通りの方法がある」

先程と距離は変わっていないはずなのに、壁巍の声を遠く感じた。

「一つは、おまえさんが鱗を取り戻すこと。そしてもう一つは──」

地面にカランと金属質な物が落ちた音が聞こえた。

「──この龍の宝刀で、雨了を刺すこと。そのどちらも、出来るのは雨了が決めた愛妃たるおまえさんだけだ。朱莉珠よ……」

私のすぐ近く、手を伸ばせば届く位置に投げられたのは匕首に似た形の小振りな小刀であった。

刀身は真っ直ぐで、刃渡りも私の指ほどの長さしかない小さいものだ。私の知っている金属ではないらしく、貝の内側に似た虹色をしてキラリと朝の光に煌めいている。綺麗であったが、それに手を伸ばす気にはなれなかった。

雨了を刺すだなんて、そんなこと考えたくもない。体が勝手に震えてしまう。手足が冷たくなっていくかのようだった。

「さ、刺すだなんて……そんなの、出来っこない！　こんなので刺したら、それこそ死んじゃうじゃない！」

小振りであっても刃物は刃物。そんなもので雨了を刺して無事で済むとは思えない。

「ああ、死ぬとも」

しかし壁巍は事もなげに言った。

「ただし、雨了の人の肉体――外側の殻だけが死に、内側の龍の本体は守られる。人の肉体を捨て、本物の龍として生まれ変わるのだ。その後は儂が責任を持って同胞として育てよう」

その言葉に私は愕然とした。

「そんな……龍として生まれ変わるって――」

「今とは異なる存在になるということだ。これまでの人としての記憶も全て消えるし、番であるおまえさんとの繋がりも消えてしまうが……それは詮ないことであろう。鱗が見つからねばどのみち死ぬのは変わらぬ」

「だ、だからって、そんなこと……」

「今すぐとは言わぬ。雨了は遠くの地に旅立ったようだしの。しかし、このままでは幾年、幾月保つか分からぬぞ。ならば、人の生を諦めてでも、龍として生かしてやる方が雨了のためになるのではないか」

その言葉が胸に突き刺さるかのようで、私は唇を噛み締めた。

「先のことだとしても、今から覚悟を決めた方が良い。今日はその宝刀を持ち帰れ」

「……いらない」

私にはその小刀が恐ろしいものに見えて、手を伸ばすことなど出来なかった。

「ああ、この後宮の中ではそのような刃物は持てんか。少し待て」

壁巍は勝手に納得すると、いったん置いた小刀を再び手に取る。壁巍の手の中で小刀は鉛が溶けるかのようにするりと形をなくし、今度は細い巻貝のような形を象っていく。

「さあ、これで持てるはずだ。いつ必要になるかも分からん。常に持っていなさい」

貝を差し出す壁巍の手を渾身の力で振り払った。

「嫌っ！　最初からそういうつもりだったってこと？　そんなものいらない！」

私は雨了を傷付けるものを持ちたくなどなかった。

私が未熟な愛妃であるせいだとしても、だからと言って雨了を殺すだなんてこと、出来っこない。胸の中で感情がぐるぐると暴れ回る。私は強く壁巍を睨みつけた。

私の激しい拒否に壁巍は困ったように首を傾け、髭のない顎を撫でさする。

「ふむ、何故嫌がる？　番を傷付けたくない気持ちゆえか？　それとも人としての倫理ゆえか？」

「っ……そんなの……！」

「倫理ゆえに傷付けたくないのであれば、それこそ早く刺すべきだ。雨了はこうしている間も自らの力に苦しんでいる。そしてこのままではいずれ多くの人間を巻き込み、死に至らしめることになろう。龍の力とはそれほどに強力なのだ」

私は壁巍の問いに答えられなかった。胸が苦しくてぎゅっと押さえる。

「そうだの……では、取引をせんか。儂がここまでおまえさんに色々と教えたのは、おまえさんが儂の友の大切な孫娘であり、雨了を龍に生まれ変わらせることが出来る唯一の存在だからだ。儂としては、おまえさんの周囲の人間の生死などどうでもよい。だが、おまえさんは周囲の人間が淀みに取り憑かれるのは嫌なのだろう？」

「……淀みに取り憑かれた人を、なんとかしてくれるっていうの？」

「既に淀みに憑かれた人間一人一人から淀みを引き離すなどごめんこうむるが、淀みを弱め、憑かれにくくする方法であれば教えてやってもよい。それ以上のことなど、どうせおまえさんには無理であるしな」

「そんな方法があるの？　それは何？」

「まったく、せっかちな娘だ。だから取引だと言ったろう。儂はその宝刀をおまえさんに常に身につけておいてほしいのだ。約束出来るか？　出来るのなら自分から宝刀に手を伸ばすのだ」

——また『約束』だ。

　私はこの小刀が恐ろしい。触れたくもない。けれど、今私は喉から手が出るほど、淀みへの対処法が欲しいのだ。

　もうあの恩永玉のように倒れる宮女など見たくない。ふらふらになるまで淀みを狩り続けてくれるろくも休ませてあげたい。

「……持っているだけで、良いのよね？　勝手に手が動いて雨了を刺したりなんてこと、絶対にないわよね？」

「ああ。持っているだけで良い。おまえさんが自分の意思でこれを使わない限り、雨了を害することは出来んよ。常に着物のどこかにでも仕舞っておくが良い」

　それを聞いて私は立ち上がった。手のひらをぎゅっと握り込んでからゆっくりと開き、壁巍が差し出す巻貝を受け取る。それはほんの少しひんやりとしていた。

先の尖った巻貝は私の手のひらで握り込めるほど小さく、ほっそりとした形をしている。外側は縞模様、内側は真珠のように鈍く光っているが、どこからどう見ても、こうして手に取っても刃物には思えない。まるきり本物の貝だった。

「今は貝の形であるが、必要となれば宝刀へと勝手に姿を変える」

「使わないから、そんなことどうでも良い。早く淀みをどうにかする方法を教えて」

私がそうせっつくと壁巍はやれやれとばかりに息を吐く。

「まあ、約束であるからな」

壁巍はこちらへ向き直った。

「……茉莉花だ。茉莉花の香を焚けば良い」

「そ、それだけ……？」

私はポカンと口を開いた。

「何を言う。淀みに限らず妖の類も茉莉花の強い香りを苦手としていることが多い。寺院に植えてあるのを見たことはないのか。あれは清浄な花なのだ。消し去るほど強い効果はないが、取り憑かれることは減るだろうよ。ただし、ろくであったか。あれも妖であるからの、あれの近くは香りを強くしすぎない方が良いだろう」

茉莉花(まつりか)、それは私が一番好きな香り。祖父が作った練り香水の香り。莉珠という私の名前も茉莉花(まつりか)から取ったのだと、祖父は言っていた。

雨了は妖(あやかし)ではないけれど、やっぱり茉莉花(まつりか)の匂いを苦手としているようなのも、その龍の血のせいだろうか。

「それ、じいちゃんは知っていたの？」

「ああ、もちろん知っていたさ。だからおまえさんの身を守るため、茉莉花(まつりか)の練り香水を作ったのだ。おまえさんはずっと、朱羨に守られていたのだ。その意味を、よくよく考えよ」

壁巍は説明を終えると首をポキリと鳴らした。

「さて、これで用は済んだ」

「……ねえ、本当に淀(よど)みに憑(つ)かれた人を助けてくれたりはしないの？」

駄目で元々、と聞いてみたが、当然壁巍は取り合ってくれなかった。

「何故、儂(わし)がそんなことをせねばならない。儂(わし)は龍だ。人間が苦しもうが、死のうがなんも関係はない。大体人間はすぐに増え、すぐに死ぬものだろう。淀(よど)みに憑(つ)かれて争い合い、多少数を減らしているくらいで丁度良いのだ。人としての雨了が死に、国が荒れることもどうでもよいわ。儂の娘の子孫だから特別に目をかけてやっただけのこと。忠言に従わず滅びるなら、それはそれで定めであろう」

ごく当たり前のようにそう言ってのける壁巍はやはり人ではない。人としての倫理観とは違うもので龍は動いているのだろう。

「でも、この後宮にも青妃とか、龍の血を引く人は他にもいるでしょう。それでも放っておくの？」

「ああ、あの娘か。別に構わんよ。気になるのならおまえさんが茉莉花のことを教えてやれば良い」

「……そう、分かった」

「それに儂のこの姿とて本体ではない。言うなれば分霊のようなものだ。龍の力を正しく扱う雨了であれば後宮全てを一気に浄化出来るが、分霊の儂にはそこまでは出来ん。本体は遠く、龍気も足りない此処では活動出来る時間にも限界がある」

壁巍はそう言いながら、井戸の方へ向かう。昨日と同様に井戸を経由して帰るのかもしれない。

「ではな、朱羨の孫娘よ。いずれまた会うこともあるやもしれんが。——間に合うと良いな」

礼を言う間もなく、壁巍はするりと井戸の枠を飛び越えて消え失せた。

ずっと邪魔にならない離れた位置で待っていた円茘がとことこと私の前にやって来る。胸に抱えた顔でこちらを覗き込み、心配そうにしているのは言葉を交わせずとも分かった。

「うん、大丈夫……」

私はとりあえずぎこちない笑顔を作る。

のろのろと立ち上がり、膝に付着した砂を払った。

「……まあ、ずっとこうしてるわけにはいかないわよね」

私はそう独り言ちて、気合を入れるために両手で頬を叩いた。ヒリヒリとした痛みで迷いが消え、思考がはっきりとしてくる。

今私がすべきことと、したいことを考え、そして顔を上げた。

私は急いで元の道を引き返し、待ってくれていた汪蘭へ告げた。

「ごめんなさい。あと一つ我儘を聞いて！」

私は汪蘭の返事を聞く前に、全速力で駆け出す。

私のしたいこと。

――雨了に会うために。


後宮をひたすらに走る。

妃の上質な着物は足に絡むし、靴は華奢で柔らかく、走るのにはとことん不向きだ。

それでも足は止めなかった。

大通りを真っ直ぐに駆け、薫春殿も通り過ぎ、私はひたすら門を目指す。驚いて振り返る人を無視し、制止の声も振り切った。

目的地、そこは政治を行う外廷と後宮のある内廷を繋ぐ大門。

そこでようやく足を止め、額に流れる汗を拭った。はあはあと呼吸が乱れている。後宮生活ですっかり体が鈍ってしまっているようだ。

当然ながらそこには門を守る衛士が幾人も待ち構えていた。彼らはギョッとした顔で私を捕まえようとし、すぐに躊躇って手をこまねいている。

散々に走って乱れてはいるが、私の着物は妃のものだ。衛士(えじ)も下手に触れたらお咎めがあると考えたのかもしれない。

「お、おそれながら……これ以上は……その、どうかお戻りください」

それでも必死に止めようとするのは、妃は許可なく後宮から出てはいけない決まりだからだ。今ならまだなんの罪にもならず、引き返すことも出来る。だがそんな保守的な気持ちはとっくに投げ捨てた。

私は走ったせいでまだ息が荒かったが、それでもしっかりと顔を上げ、背筋を伸ばして主張する。

「ええ。出る気はないわ。ただ皇帝陛下に会わせてくれれば、それで良い」

一歩も引く気はないと拳を握り、衛士(えじ)達を見据えた。

そんな私に困り果てた衛士(えじ)達は顔を見合わせて囁き合っている。

「――どうかしたのか」

と、そこへ、衛士(えじ)が呼んだのか、位の高そうな男が門外からやって来た。素人目(しろうとめ)にも良い鎧だと分かる装備だ。ただの衛士(えじ)のはずがない。

ちょうど良い。そう思って私が口を開く前に、彼は私に目を留めて片眉を上げた。

「貴方様は……朱妃でいらっしゃいますな」

　どうやら私のことを知っているらしい。覚えはないが入宮の儀にもいたのかもしれない。

「そうよ。私は薫春殿の朱莉珠。皇帝陛下に会わせてほしいの。朝に出立すると聞いていたから、まだいるのでしょう」

「それは火急の用件でございますか」

　私は男を真っ直ぐに見据えて頷いた。

　男は少しの間考え込み、それから顔を上げる。

「……分かりました。お連れしましょう」

「衛士長！　よろしいのですか⁉」

　彼の決断に、周りの衛士が驚いたように声を上げた。

　どうやら彼は衛士長だったらしい。そうならば衛士達とは権限が違うはずだ。

　衛士長は騒ぐ衛士達を手で制した。

「このお方は陛下の愛妃。特別なお方なのだ。言う通りにせよ」

「はっ！　失礼致しました！」

その愛妃という呼び名に特別なものが籠められているのは明白だった。

そして周囲もそれだけでたちまち納得する仕組みになっている。

「朱妃、ごく僅かな時間しかありませんが、それでよろしいでしょうか」

「ええ、ありがとう！」

今までならそれに引け目を感じたかもしれない。自分には愛妃である実感がないと。

けれど今の私はそれを受け入れた。

——私は雨了の愛妃だ。そう思うと不思議と胸が熱かった。


「雨了！」

執務用の宮殿に通された私は雨了の名前を呼んで駆け寄る。

もう間もなく出立なのか雨了もまた初めて見る鎧姿で、長い黒髪は後ろで一つに結ばれていた。道中ずっと鎧ということはないだろうが、出陣の儀式でもあったのかもしれない。

「莉珠……どうした？」

「ごめんなさい、邪魔をして。でも、どうしても雨了にもう一度会っておきたかった」

「そうか……」

雨了は私の頭に手を伸ばし、だが己の手にはまった籠手(こて)を見て頭を叩くのを諦めたようだった。

「髪がボサボサではないか。それに着物も……何か、あったか？」

「雨了に会いたくて、走ってきただけ」

私は胸元を探り、上衣の内側に縫い付けた衣嚢(ポケット)に隠していた小袋を取り出す。

「雨了、これ……」

「ん？」

綺麗な絹布の端切(はぎ)れで作られた小袋には、祖父の形見である貝殻の欠片が入れられていた。私が唯一、朱家から持ち出せた宝物である。

「御守りとして持っていって。中身は私の祖父の形見なの。多分、私以外には塵(ゴミ)にしか見えないと思うけど。それで、帰ってきたら、ちゃんと返してほしい」

雨了の切れ上がった大きな目がますます大きく見開かれる。龍の瞳は朝の光に負けず、青く煌(きら)めいていた。

「祖父の……。だがそれは、そなたの大切な物であろう」

「そう。私の本当に大切な宝物。だから、ちゃんと無事に帰ってきて、これを返すって約束して」

ぐいと押し付けると、雨了は大人しく小袋を受け取った。大きな手のひらの上ではちんまりとした小袋がますます小さく見える。雨了はそれを慈しむように視線を落とした。

「ああ……確かに受け取った。そなたの香りがするな。それ以外に何やら懐かしいような不思議な匂いもするようだ」

そう言いながら鼻に近付ける雨了に、私は赤面した。

「ずっと私が身につけてたから……に、匂い、とか、するかもだけど、あんまりそういうこと言わないでよ！」

執拗に守り袋をくんくんと嗅がれ、なんだか気恥ずかしい。後宮に来てからは置いておくのも不安で常に身につけていたのだ。それを嗅がれるというのは乙女として色々と耐え難い。照れ隠しに鎧を叩くと硬い音がした。

「不思議だな。何やらそなたから預かった物を持っていると思うだけで、身の内側から力が湧いてくるかのようだ。莉珠……ありがとう」

雨了は小袋を大切そうに手にしながら優しく微笑んだ。

その微笑みはいつもより柔らかで、十年前の少女のようだった雨了を思い出す。あの時交わした言葉を覚えているのが私だけなのが、少しだけ残念だけれど。

「——莉珠」

「うん?」

指で頬を突かれる。痛くはないが、籠手がゴツゴツとして変な感じだ。

「なに?」

頬を突く雨了の手が離れた瞬間、抱きすくめられていた。唇に柔らかな感触が一瞬だけ触れた。

「……油断したな、莉珠」

耳元でそう囁かれる。

また不意打ちで口付けられたのだ、と気が付いてカッと体温が上がった。

「必ず無事にそなたのもとへ帰る。こちらからもその約束の証だ。——許せよ」

耳元で囁かれる言葉は熱になって私に染み込むようだった。その染み込んだ熱はますます心臓の鼓動を速める効果があるらしい。激しく脈打つ胸が苦しい。

愛妃だなんて呼ばれてるけれど、雨了と私はまだこんな口付けをたったの二回交わしただけだった。

それでも、やっぱり私には雨了を刺すことなんて絶対に出来やしない。だって私は子供っぽくて偉そうで、傍若無人（ぼうじゃくぶじん）なこの雨了が――好きだから。

「……やだ。許さない」

気が付けば、そんな言葉が唇からポロリと零（こぼ）れていた。

「不意打ちじゃ、嫌だよ。ちゃんと普通に、してよ……」

雨了の息を呑む音が聞こえ、私を抱きすくめる腕の力が強まる。

「分かった。……帰ってから、そうする。――約束だ」

「……うん」

鎧越しだというのに、抱き締めてくる腕が不思議と熱い。

多分私の熱も同じように雨了に伝わってしまっているだろう。

なんてことを言ってしまったのかと恥ずかしくて仕方がなかった。けれど一度出してしまった言葉は引っ込めることが出来ない。

「……そなたは良い香りがするな」

私を抱き締めて頬を擦り付けながら雨了はそう言う。確かそんなことを十年前の雨了も言っていた。

「俺は……莉珠に何かを……渡さなかっただろうか。何か、大切な……」

十年前と同じ行動が欠落した記憶を刺激するのか、雨了は呆然と呟く。

私はそれに何と答えて良いか分からず、黙っていた。

——私はあの綺麗な鱗を大切に出来なかった。今もどこにあるのか分からないまま。

あの鱗は飾りか何かのようでとても綺麗だったのだ。愛妃として持たされている豪奢な玉や珊瑚の飾り物。そのどれよりも綺麗だった雨了の鱗。青銀色で、日にかざすと貝の内側のように虹色に煌めいている。

絶対に見つけ出さなきゃいけない。雨了のために。そして、私のために。

雨了もそれ以上は口を閉ざし、無言で頬を擦り付けてくる。私はそっと目を閉じて、雨了の存在を感じていた。

刻限になるまで私達は黙ったまま抱き合っていた。

「――私、待ってるから。雨了の愛妃として、後宮を守るから」

「――ああ、行ってくる！」

私は愛しい『青』を見送った。

色鮮やかだった朝の空は、いつの間にやらどんよりとした雲に覆われ、湿気を含んだ風が後宮を吹き抜けていく。

きっと嵐になるだろう。けれど私は負けるわけにはいかない。

ぎゅっと拳を握り、汪蘭やろくが、そして恩永玉や金苑が待つ薫春殿へ、一歩足を踏み出した。

うちのあやかし、腐ってます。

古民家に住むBL漫画家のスローじゃないライフ

柊一葉

居候の白狐たちとのハートフル(!?)な日々

アルファポリス第3回キャラ文芸大賞特別賞受賞!!

未央は、古民家に住んでいる新人BL漫画家。彼女は、あやかしである白狐と同居している。この白狐、驚いたことにBLが好きで、ノリノリで未央の仕事を手伝っていた。そんなある日、未央は新担当編集である小鳥遊と出会う。イケメンだが霊感体質であやかしに取り憑かれやすい彼のことを未央は意識するように……そこに白狐が、ちょっかいをいれてくるようになって——!?

◉定価：本体660円+税　◉ISBN:978-4-434-28558-5

◉Illustration：カズアキ

伊月千種
Chigusa Itsuki

嘘つきたちの晩酌

The lies in between...

この夜が終われば何かが変わるだろうか

大学卒業を控え、就職や進学などそれぞれの道へと進む、優香、千恵美、征太、彰士。二年間シェアハウスで同居していた彼らは、四人で過ごす最後の夜に、思い出作りとして「秘密暴露会」を開くことにした。酒と肴を手に、誰にも言ったことのない秘密を明かすことで親交を深める——そんな会になるはずが、一人、また一人と暴露するにつれ、四人の複雑に絡み合った事情が浮き彫りになり……？

◎定価：本体660円＋税　◎ISBN 978-4-434-28383-3

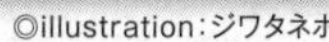
◎illustration：ジワタネホ

あの日、陽だまりの縁側で、母は笑ってさよならと言った

水瀬さら ◆ Sara Minase

ラスト、涙が止まらない感動の母娘小説！

身勝手で奔放な母が、ずっと苦手だった——

自由奔放で身勝手な母に嫌気が差し、田舎を飛び出してひとりで暮らしてきた綾乃。そんな綾乃の家に、ある日突然、母の珠貴が押しかけてきた。不本意ながら始まった数年ぶりの母娘生活は、綾乃の同僚若菜くんや、隣の家の不登校少女すずちゃんを巻き込んで、綾乃の望まない形で賑やかになっていく。相変わらず自分中心の母に、綾乃の苛立ちは募るばかり。けれどある時、母の抱える重大な秘密を知り、綾乃は言葉を失う——不器用な母と娘が織りなす、心震える再生の物語。

あの日、陽だまりの縁側で、母は笑ってさよならと言った
水瀬さら
身勝手で奔放な母が、ずっと苦手だった。
けれど母の中には、
途方もなく
深い深い愛があった——
ラスト、涙が止まらない感動の母娘小説。

◉定価:本体640円+税　◉ISBN978-4-434-28249-2

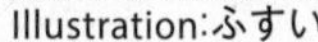
Illustration:ふすい

◎定価:本体640円+税　◎ISBN 978-4-434-27883-9　◎illustration:pon-marsh

この作品に対する皆様のご意見・ご感想をお待ちしております。

おハガキ・お手紙は以下の宛先にお送りください。

【宛先】

〒150-6008 東京都渋谷区恵比寿4-20-3 恵比寿ガーデンプレイスタワー 8F
(株) アルファポリス　書籍感想係

メールフォームでのご意見・ご感想は右のＱＲコードから、
あるいは以下のワードで検索をかけてください。

ご感想はこちらから

アルファポリス文庫

迦国（かのくに）あやかし後宮譚（こうきゅうたん）

シアノ

2021年　2月28日初版発行
2022年　12月12日3刷発行

編集－反田理美
編集長－塙綾子
発行者－梶本雄介
発行所－株式会社アルファポリス
〒150-6008東京都渋谷区恵比寿4-20-3恵比寿ガーデンプレイスタワー8F
TEL 03-6277-1601（営業）03-6277-1602（編集）
URL https://www.alphapolis.co.jp/
発売元－株式会社星雲社（共同出版社・流通責任出版社）
〒112-0005東京都文京区水道1-3-30
TEL 03-3868-3275
装丁イラスト－ボーダー
装丁デザイン－AFTERGLOW
印刷－中央精版印刷株式会社

価格はカバーに表示されてあります。

落丁乱丁の場合はアルファポリスまでご連絡ください。

送料は小社負担でお取り替えします。


ISBN978-4-434-28559-2 C0193